相约大海

XIANGYUE
DAHAI

文 | 学 | 剧 | 本

何继青　著

南方日报出版社
NANFANG DAILY PRESS
中国 · 广州

图书在版编目（CIP）数据

相约大海 / 何继青著. -- 广州：南方日报出版社，2022.4
ISBN 978-7-5491-2460-2

Ⅰ. ①相… Ⅱ. ①何… Ⅲ. ①话剧剧本 - 中国 - 现代 Ⅳ. ①I234

中国版本图书馆CIP数据核字(2021)第244426号

XIANGYUE DAHAI
相约大海

著　　者：何继青
出版发行：南方日报出版社
地　　址：广州市广州大道中289号
出 版 人：周山丹
出版统筹：谭庭浩
责任编辑：陈　焱
责任技编：王　兰
责任校对：裴晓倩
封面设计：蒋木迎
经　　销：全国新华书店
印　　刷：广州市岭美文化科技有限公司
开　　本：889mm × 1194mm　1/32
印　　张：3.25　　插页：0.5
字　　数：55.7千字
版　　次：2022年4月第1版
印　　次：2022年4月第1次印刷
定　　价：68.00元

投稿热线：（020）87360640　　读者热线：（020）87363865
发现印装质量问题，影响阅读，请与承印厂联系调换。

出　　品：振远文化集团
编　　剧：何继青
总 监 制：梁振运

美术装帧设计：何耀宇
蒋木迎
文 学 监 制：温梓仪

何继青

创作发表、出版短篇小说《遥远的黎明》《只不过一瞬间》等百余篇，中篇小说《兵道》《哭歌》等数十部，长篇小说《资本风暴》《生命乐园》等多部。

独立或与人合作编剧的《和平年代》《当代风流》《惊涛》等多部长篇电视连续剧，均在中央电视台及其他电视台卫星频道黄金时段播出。

近年，作为创意作者和编剧参与制作了《珠江红船》《船说海棠》《相约大海》等多个文旅演艺项目。

还创作发表了大量散文随笔、创作谈、报告文学等作品。

曾获得文学影视及其他艺术类奖项数十个。

目录

序幕

正值黎明时分，最初的晨光照亮了天边的皑皑雪山，那雪山呈现出磅礴气势。当旭日冉冉升起来，朝霞遍洒大地，冰雪点点滴滴在山脚下融化，大河从苍茫山岭中向大地伸展，于是鸟儿开始歌唱，溪水尽情欢跳。三个月前还是隆冬，眼下已是春风化雨的时节了。

时间

百年以来

地点

陆地、海洋

人物

远道　年轻的中国商人
埃萨　年轻的葡国船长

白露　远道之女
吉尔　埃萨之子

夏至　白露与吉尔之女

序幕

远道是在外公落葬满三个月的次日清晨别家出海远航的。

外公去世落葬，远道为外公守灵三月。远道家乡的习俗不讲究为故去的长者守灵，逝者入土，立碑、刻姓、留名即可，请乡里的教书先生题几句墓志铭已属至尊。远道跟着外公走南闯北，在生意场上历练已经有了几个年头，多多少少知晓各地习俗。远道觉得守灵对逝去的长辈是敬仰与遵循，在生者则体现孝道与德品。九十个日夜，远道伴着半山坡上寺庙中传来的晨钟暮鼓，每日三次燃香祭拜的同时，不断回味着外公临终前那些天的情形。

外公在家族中的地位至高无上，讲话处事历来一锤定音、不容置疑。外公从米铺学徒做起，成就了一番不小的家业，成为远近闻名的乡绅。外公临近人生终点，自然是家族一件大事。那些天，外公把后辈中的男丁分别叫去说话，远道属于孙辈，且是外姓，因而排在末尾。外公跟其他子孙说了些什么远道不甚清楚，远道脑海中反复呈现出来的，是外公派人叫他去说话那天的情形。

那是冬日的一个黄昏。外公躺在院子里的竹椅上，冬日黄昏的微阳松软地洒在外公身上，失去了往日南国夕阳的热烈，亦不那么明亮，像断断续续的山溪，时深时浅，悄无声息地流淌着。外公指着一只木箱对远道说：“那里面是别人打给我的欠条，足足一整箱。依你的意思怎么处置妥当呢？”远道没有多想，说：“那是外公您这辈人的财产和情分，随了外公去的好，若是我们做晚辈的去追讨，一来未必件件都能讨回来，还会伤了外公和他们的情分。”

外公听了远道的话，当时并未表明态度，之后便令族人大为意外地把家业传给了远道。

那个早晨，远道辞别故乡远行，他走的是水路。一条大河浩浩荡荡由西向东，远道的商船破浪前行，船上满载着将远销海外的商品。

正值黎明时分，最初的晨光照亮了天边的皑皑雪山，那雪山呈现出磅礴气势。当旭日冉冉升起来，朝霞遍洒大地，冰雪点点滴滴在山脚下融化，大河从苍茫山岭中向大地伸展，于是鸟儿开始歌唱，溪水尽情欢跳。三个月前还是隆冬，眼下已是春风化雨的时节了。

远道放眼远眺迎风抒怀。浩瀚的大海将在他眼前展开，惊涛骇浪将在他人生的路上汹涌澎湃。远道喜欢这样的感觉，商场成败亦不可失去激情勃发，生死博弈也要有饮酒作诗的潇洒。镇上人说远道有做生意的天赋，远道知道，天赋不在主要，心中存着一个“义”字，做事遵循一个“诚”字，才是在商场立足的根本。外公落葬那天，当满满一整箱欠条随着外公的棺木入土，远道明白，外公传给他的正是一个“义”字和一个“诚”字。

许多年以后，每当远道想起那个冬天的黄昏，回忆起那个黄昏松软的微阳，他仍然会觉得外公在拉着自己的手，外公的手很软很温暖。

现在远道的商船正驶向大海。

第一幕

那一年的事

教堂的尖顶挺立在有些耀眼的阳光里。云很淡，阳光便越发耀眼。现在，远道站在了教堂高耸的尖顶上，他看见徘徊在生死悬崖的是个年轻男子。这个男子身形健硕，有着俊朗的身体线条。远道不由得想，这个身形健硕、线条硬朗的男子原本应该充满活力，然而现在，这个人从面孔到胸膛却沦陷在阳光切割出来的明暗两界。由于明暗对比太过强烈，天地分裂成紧密相连着的阴阳两界，生死便只在转瞬之间。

相约大海

那座风格鲜明的海港城市渐渐近了。

城市的街道店铺林立，港口码头上万商云集，这座名为澳门的城市与远道的家乡很不相同。远道的家乡离澳门不远，从地图上看，是两个几乎相连在一起的很小的点。这是远道初次走进这座离得很近却很不相同的海港城市，不仅如此，这座城市与内陆多数城市都大不一样。这座城市没有厚实的浅灰色城墙，没有规整方正、成行成排的青砖灰瓦房舍，这座城市街道的两边是巴洛克式建筑伴着东方殿堂式的楼阁，其中有零星几座新古典主义风格的楼厦，与之相邻的是岭南风格的庭院，这些差异极大的建筑隔街相望，并肩而立。从眼前滑过的店名和招贴画也是中式传统模样夹杂着异域的人物器物。巴洛克式建筑、新古典主义楼宇、殿堂风格楼阁这类名词概念，是远道从建筑类图书上读来的。远道阅读建筑类的图书，是为了在村里建造一座房子。

为逝去的外公而建造。

外公生前一直想有一座漂亮的房子，外公甚至用毛笔在宣纸上画过设想中房子的样式。远道还在少年时代，就已经萌生出将来要为外公建造一座漂亮房子的念头。

澳门这座城市确实有卓尔不群的独特风格，街道两侧的景象色彩斑斓，是汇聚了四方八面风情的缘故。而那条千年海路，则使街道上行走的人群里有黄色人种，白色和棕色人种亦为数不少。

街道上的异域风情越发浓郁了，远道置身其中突然有点想家。为收购出海远销的大宗货品，远道已经许多日子没有回过家。远道的家乡有一个十分寻常的中国乡镇名字：唐家。唐家至多算是个小镇，不过从唐家这个南方小镇走出去的人物，却有三两位不同凡响、卓有成就。唐家人性格里颇有大海与山岭混杂形成的风范：从容而淡泊、爽朗且开放，走得再远离开再久都存留着很重的家乡情结。唐家人在海外成家立业，只要建造房屋，门窗必然沿用木质材料，而且一定要在门窗上雕刻象征着吉祥如意、财运通达的唐家图案。唐家木雕有阳雕也有阴刻，不变的是中国南式雕刻刀法。

远道对建筑的兴趣由怀念外公而起，各国形态迥异的伟大建筑又引诱他走向大海去向远方。远道这次的远洋生意便由此而起。

现在，远道打量着澳门陌生的街景，心里涌起些许好奇，更多的还是兴奋。他感觉到自己离大海越来越近，离梦想越来越近，只要这次远洋生意做成，他就回到村里或者干脆在镇上建造一座岭南式样的庭院，把外公的牌位供奉在正堂，以告慰外公的在天之灵。正是在这个时候，远道看见了那座教堂。后来发生在远道人生中的几次重要事件，正是从遇见那座教堂开始的。

教堂挺立在街市中央，教堂高耸的尖顶直入云端，一种威严肃穆的气氛从教堂尖顶无声地弥漫开来。远道仰望高耸的教堂尖顶，一种从未有过的不安以及说不清楚的沉重无言地压迫下来。远道连忙把目光转向另一边，另一边是一座禅院。禅院的飞檐凌空竖立，禅院大门前的梁柱上雕龙画凤，做工精巧。这是远道所熟悉的，禅院不会令远道不安，只带给他平静祥和。

教堂硕大的吊钟响起来，金属撞击声一下接一下在天空回荡，悠长沉郁。

远道家乡没有教堂，只在镇子外面的半山坡上有座不大的寺庙。从寺庙里传出来的是念经声，念经声与枯燥的木鱼轻击相伴能使人平和。远道不由得收住脚步，在石块垒砌的街路上循着教堂钟声望过去，把目光又一次投向教堂尖顶。正是那一刻，远道意外地发现教堂的尖顶上站着一个身影，那个身影欲跳又止，有如被极度悲怆笼罩着。远道蓦然意识到，这人正徘徊在生死悬崖！

远道不待多想便飞身穿过教堂高大的拱门，沿着楼梯奔向教堂高耸的尖顶。

教堂的尖顶挺立在有些耀眼的阳光里。云很淡，阳光便越发耀眼。现在，远道站在了教堂高耸的尖顶上，他看见徘徊在生死悬崖的是个年轻男子。这个男子身形健硕，有着俊朗的身体线条。远道不由得想，这个身形健硕、线条硬朗的男子原本应该充满活力，然而现在，这个人从面孔到胸膛却沦陷在阳光切割出来的明暗两界。由于明暗对比太过强烈，天地分裂成紧密相连着的阴阳两界，生死便只在转瞬之间。

天堂与地狱原来仅一步之遥。

这是个葡国男子。远道看见这个葡国男子和自己一样年轻，有着一双深如雕刻的眼睛。远道忍不住又想，这双眼睛原本应该盛着明媚的阳光，原本应该映着大海的蔚蓝，现在这双眼睛却堆满血丝满是阴云。

远道伸出双手急切地阻止道："先生且慢！先生且慢！"

葡国男子痛苦地摇了摇头，无奈地流露出拒绝的神情。

远道在情急之下脱口劝解说："纵然有天大的事，我来和你一起扛！"

正是这样一句原本只为劝解而讲的话，却彻底改变了远道后来的命运，使远道走上了一条此时此刻自己完全难以预料的人生路。

葡国男子不由一怔。他大感意外，万分惊讶且不无疑惑地问远道："你和我一起扛？为什么？你我素不相识啊！"

话已经说出口，何况是为了把一个年轻的生命从生死悬崖的边上拉回来，远道只能继续劝道："中国有句老话，善待生命，人皆为之。"

葡国男子更加痛苦不堪地发出一声仰天长叹："你扛不起的。"

这句话激起了远道的豪情，他大声喊道："世上没有扛不起的事，只在于想扛，或者不想扛！"

中式餐厅永远是热闹的。放声谈笑、把酒言欢、豪气畅饮、叙旧话今，乃至迎客辞和道别语都是喊出声而不是说出来的。连同餐厅的墙壁、门窗、天花板、地板以及林林总总的装饰总是热烈的红色，大片大片的红色中点缀着抢眼的金黄，于是中式餐厅热烈的气氛铺天盖地。

歇业时辰如期而至，满餐厅的热闹悄然退去。窗外不知什么时候下起了雨，风很大，雨丝乱纷纷的。刚才还阳光如火，转眼之间已是乱雨迷蒙。透过餐厅玻璃窗望出去，窗外的景致像极了印象派油画，抑或又有几分中国画中肆意泼墨的风雅。街巷沉浸在湿漉漉的水汽里，行走的人们随之被水汽渲染出不那么真实的印象。餐厅在热闹退去之后越发显得安静，空荡荡的厅堂现在只剩下年轻的中国商人远道和年轻的葡国男子依旧坐在角落。中式餐厅有个好处，食客不走店不关门，酒照添，菜照上，茶照续，伙计随应在一边默默地侍候着。

葡国男子已经有了三分醉意，并带了醉意说："我的家族有个受人尊敬的姓氏，德米兰达。我是这个家族的男子，他们都叫我埃萨，埃萨·德米兰达。我是一个不错的远洋船长，我不能毁了德米兰达这个受人尊敬的姓氏！"

远道宽慰道："在海上行船碰到风暴是常事，不足为耻。"

埃萨摇了摇头，说："马六甲海峡的风暴沉没了我驾驶的商船我可以承受。但是……"埃萨欲言又止，收住涌到嘴边的话。

远道并不追问，他猜想埃萨在商船沉没后一定遭遇了更加惨痛的经历，也许那是一桩难以启齿的事情。船沉了，货没了，怎么可能还有好运气？老话说，祸不单行。远道默默地陪着埃萨枯坐不语。

埃萨端着酒杯，几度欲饮又止，他努力想忘记那个夜晚，可是那个夜晚却越来越清晰地浮现在眼前。那个夜晚满天星斗，却没有一颗是他的幸运之星。他九死一生终于到达澳门，当他身无分文走在澳门街上，脑子里冒出来的第一个念头就是要把沉没那船的货款还给货主。船是他自己的，可以暂且放下，沉没的货物他不能放下不管。赌场五光十色的霓虹灯就是在那一刻闯进了他的视线，他紧盯着赌场的巨幅广告牌彷徨了许久，最后去找旧日朋友借了一笔钱。朋友把钱交到他手上时只说了一句话："埃萨，这笔钱是缘于对德米兰达家族荣誉的信任借给你的，所以不需要你任何抵押。亲爱的朋友，祝你好运。"他拿着朋友的钱离开的时候回了一句：“我以德米兰达家族的荣誉承诺。”

后来他拿着钱走进赌场。

初时他是赢的，有那么一段时间他几乎要成功了，只要再赢一次他就能凑够货款。他把手上的筹码最后一次押上转盘，也把自己的生命和德米兰达家族的荣誉一同押上了转盘。随着清脆的铃声转盘飞速旋转起来，那次转盘仿佛总是转个不停，时间显得格外漫长，转得他阵阵晕眩。当转盘终于缓缓慢下来，终于要停在某个数字的时候，他兴奋得几乎喊出声来。成功离他那么近，只要转盘再往前略略移动一格，一厘米哪怕是半厘米，他就成功了。然而转盘停住了，停在距离他的成功仅仅相差一个数字的位置上。

埃萨崩溃了！

埃萨不知道是怎么走出那间赌场的，不知道怎么走上了教堂的尖顶。他无法原谅自己，他再也没有其他选择，只能选择结束自己生命，用自己年轻的生命忏悔赎罪，以维护德米兰达家族的荣誉。

听完埃萨讲述，远道说：“你是船长，不是赌徒。你已经赌过一次，你如果去死，那就是用自己的生命和德米兰达家族的荣誉去上帝那里赌。上帝那里没有输赢。中国有句老话，人死不欠债。死赎不了罪，上帝不会替你还清欠债。”

埃萨道：“那我是生死都无路？”

远道：“活着就有路！”

埃萨疑惑地盯着远道，眼前一片茫然，他看不见生路在哪里，更不知道这个年轻的中国商人能帮他什么忙。

窗外的雨更密，风更紧，雾气越发浓重起来。

几天后，远道约埃萨来到大三巴下。正是早晨，朝阳从海平线上升起来，天地相连处的海水被映照出诱人的绚烂。近处有船驶过，拖着长长的浪花。埃萨茫然面对着眼前的海景，无边的绝望依旧深深笼罩着他。

远道指着不远处的港湾码头对埃萨说：“我的远洋货船已经办妥了各种手续，船上装满了上等丝绸、精美瓷器，还有品质不错的茶叶。我愿意用这艘船上的全部货物做抵押，替你还清债务。”

埃萨听闻，刹那间惊呆了。他不敢相信，他觉得是在做梦，许久说不出话来。过了好一会才讷讷地问道：“你为什么这样对我？我能为你做什么？把你的条件告诉我。”

远道淡淡地解释道：“原本我要聘请一位远洋船长，现在是我的运气好，不用麻烦了，我聘请你做我的远洋船长。”

埃萨紧张不安地问：“你凭什么相信我？我驾驶的船刚刚在马六甲海峡沉没。”

远道反问：“我为什么不能相信你？人与人之间本就应该互相信任。”

埃萨老老实实地强调道：“我欠了许多钱，那可不是小数，一船货加一笔赌债。”

远道露出唐家人特有的从容淡定，说：“我这是一艘大型远洋商船，船上满载的都是在欧洲市场畅销多年的上等货品。我们把这船货销往欧洲，收益我们俩对半分，除去偿还你欠下的债务仍会有余。今晚我先帮你把欠下的赌债还清。”

埃萨说：“你我素不相识，你押上自己的船和货，替我还这么大一笔债。我该如何报答你？”

远道：“既然苍天和大海把你我连在一起，那就是缘分。我故去的外公告诉我，帮助有难的人，是为自己播种福报。”

埃萨正了衣冠，朝远道深鞠一躬。

相约大海

远道拿出一方印章交给埃萨：“你拿着这方印章就可以指挥我的远洋商船了。这方印章是我外公传下来的，这方印章的信用从未丧失过。”

埃萨接过印章，他看见印章上刻着“一诺千金”四个字。埃萨抬起目光向不远处港湾里的码头眺望，他看见，码头停靠着一艘大型远洋商船，商船上醒目地铭刻着“一诺千金”号。

这个早晨风平浪静。

初升的旭日轻抚着丝绒般的大海，有几只海鸥在轻波微澜间滑翔。码头已经从夜色中醒来，海堤上有数十只白鸽在闲散地漫步。

“一诺千金”号商船拖着悠长的汽笛起航，渐渐消失在海平线上。

远道站在船首甲板上眺望无边无际的大海，他有些兴奋又有些紧张，这条海上丝路虽然在他脑海中出现过无数次，但实际出航是第一次。首次出海做生意，而且独自带着大型商船，商船满载着数额颇巨的贵重货品，远道很难让自己放松下来。海路上不可预料的情形实在太多太复杂，远道甚至隐隐怀疑自己能否把满船货品运到遥远的欧洲。

这是一条千年海路。在漫长的岁月中，这条海路上发生过多少故事，出现过数不清的英雄豪杰，然而更多是埋葬在大洋深处默默无闻的生命。现在他行走在前人们走过的海路上，他和他的“一诺千金”号商船又将会书写什么样的故事呢？想到这一层远道才有些振奋。远道今年二十岁出头，从十三岁开始跟着外公在生意场上历练，经历过不少事情，只是那时候有外公。最后一两年外公身体不行，把家族生意交给了远道，但只要外公在，哪怕是躺在家里，远道的心就有支撑。家族在远近商界的地位是外公创立的，外公在他这个年纪时已经成为远近商界举足轻重的人物。远道觉得外公没有离去，外公一直在天上看着他，他不能让外公失望，他少年时的最大愿望就是成为外公那样的人，让外公为他骄傲。从根本上讲，是外公让他带着“一诺千金”号商船沿海上丝路走向远方。

海面由蓝变紫，似乎只在蓦然间已经深不可测。海岸线和城市早已消失，现在远道的商船行驶在浩瀚的大洋上，显得格外孤独而且弱小。

夜幕无声地降临了。

远道来到船长舱室。

埃萨不在。

远道估计埃萨大概是去了驾驶舱。埃萨说过，夜间行船难度要比白天大几倍，海上的危险常常发生在夜间。远道来找埃萨并没有具体事情，他只是想了解航行到里斯本的航线上哪片海域遇到危险的可能性最大。既然埃萨不在，明天再聊亦无妨。

远道正要离开，埃萨走了进来。埃萨热情地请远道在船长室坐，又倒了杯酒递给远道，自己则拿出酒壶摆在面前的矮柜上，然后打开两盒罐头下酒。埃萨酷爱酒，埃萨不仅仅是爱喝能喝，而且对世界上的名酒颇有些研究，对中国的茅台、汾酒之类的烈酒也略知一二。埃萨不止一次对远道说，在海上行船的远洋船长没有不喝酒的，区别在于喝多少酒才驾不了船。远道问过埃萨喝多少酒才驾不了船。埃萨告诉远道他从来没有因为喝酒误了行船。

俩人喝了点酒，远道提出了自己的问题。埃萨告诉远道，他出发前计算过，明天上午过马六甲海峡。熟悉这条海路的远洋船长都知道，马六甲海峡有双重风险，一是受气候影响，风暴频繁，浪高水激，再就是马六甲海峡近六百海里的航程海盗横行。过了马六甲海峡在印度洋行驶只要不遇上台风通常不会有事。眼下不是台风季节，印度洋应该是平静的。

埃萨拿起酒壶与远道碰了一下，自己先喝一大口，说：“今晚还在南中国海，不会有事，可以先睡个踏实觉。”

远道问：“你觉得哪个海域最危险？”

埃萨犹豫了好一会儿才回道：“目前大西洋最危险。”

远道稍稍有点意外，不解地问道：“这是为什么？”

埃萨略带敷衍地对远道搪塞说：“近两年很多民用商船都不敢走大西洋，不过还是有不少商船在走，大西洋航道仍然是最繁忙的。”

远道越发不解，习惯性地盯住埃萨。远道的眼光有一种独特的犀利，当他盯住你的时候你很难躲避，很难搪塞。

埃萨有点不那么自然，红着脸解释道：“德国军队顶不住盟军攻势，很大程度上是因为德国的工业生产跟不上美国的军工生产能力。美国提供给欧洲战场的大量物资武器，主要是通过大西洋航线运往英国、运往欧洲战场。所以德国人从一九四一年底开始用潜艇在大西洋上袭击美国商船，德国人的战略计划是封锁英国的物资武器供给线，以此扭转战局，击垮英国。”

远道一怔，一九四四年的中国通信实在是太落后了，这些信息他在国内几乎一无所知。如果他知道德国潜艇在大西洋上袭击民用商船，他也许不会选择在这个时候去欧洲。

埃萨继续解释道：“德国人集中了大量潜艇在大西洋上袭击商船，主要是袭击美国商船。各种统计数字不尽相同，但是被击沉的商船超过一千艘是肯定的。”

远道说：“我们是民用商船，我们挂的是国际红十字会的十字旗，再说我们不是美国商船。我们可以接受检查，证明船上装载的没有一件属于战争物资，国际公约不允许袭击非军用船只。”

埃萨苦笑道：“我们面对的是法西斯军队的潜艇，法西斯什么时候讲过道理？”

远道沉默了。

面对远道的沉默，埃萨心里涌起一阵愧疚，他应该在出海前把这些情况向远道讲清楚，但是那个时候他走投无路，他犹豫过要不要告诉远道，终究他没有能够说出来。埃萨拿起酒壶对远道说：“远道兄弟，对不起！请你原谅。”

远道一时不解，望着埃萨，问道：“你为什么这样说？让我原谅你什么？”

埃萨说：“我应该在你决定出海之前把海上航行的风险告诉你，尤其应该把德国潜艇在大西洋袭击民用商船的风险告诉你。”

远道不介意地笑着说道：“我们应该考虑的是如何躲避德国潜艇袭击。其实即使你在出海前告诉我这个情况，我也不会改变这次海上航行的。在教堂顶上我承诺了。”

埃萨没再言语，他觉得自己在这位年轻的中国商人面前常常产生愧疚之感，但更多的是充满敬意。

就到了一九四四年深秋。

在深秋的这个夜晚没有多少人知道，德国法西斯军队、日本侵略军将在一年后的夏天宣告失败。也没人能够预见到希特勒会在自己指挥部的地下室和他的情人一起自杀。日本军人更无法想象，他们的天皇会在一年后下诏书，并派代表在美军

“密苏里”号战列舰上签字接受无条件投降。一九四四年深秋的这个夜晚，战争依旧胶着惨烈，大西洋随时可能爆发恶战。埃萨驾驶着“一诺千金”号商船航行在如墨的夜色下。埃萨的神经处在高度紧绷状态，他祈祷上帝保佑，保佑德国人的潜艇不要从黑乎乎的海面冒出来。一旦德国潜艇出现，埃萨认为“一诺千金”号商船生存的希望极其微小。他沉入大西洋海底，许是上帝的安排，但对远道就太不公平了。远道是难得的好人，这样的好人理应受到上帝的眷顾和厚爱。

远道站在埃萨身旁，他能察觉到埃萨此刻担忧的心情和高度紧张，他不知道的是埃萨内心对他的忏悔。远道对埃萨说：“电台里说美国海军加强了在大西洋海域对德国潜艇的攻击，一周前盟军击沉了多艘德国潜艇。”

埃萨眼睛没有离开前方海面，说：“越是这样，德国潜艇出现的可能性越大。许多国家的人不真正了解德国人的行事风格，总觉得德国人沉稳严谨，其实德国人还有另外一面。”

远道感叹：“葡萄牙属于中立国，前几年葡萄牙海域一直相对安全，尤其是首都里斯本附近海域。从近些日子收到的消息看，这几个月来战火开始不放过葡萄牙海域了。”

埃萨问：“战争打到了现在的阶段，德国潜艇在靠近中立国海域袭击民用商船的力度会有多大？”

远道说：“失道之人，罪恶之行，越到最后总会越疯狂，正如你先前说法西斯不讲道理。”

夜更黑了，黑暗中的海面有一种莫名其妙的诡异扩散蔓延，四伏的危机骤然强烈起来，海面到底还是出现了令人不寒而栗的黑影。远道全神贯注地盯着汹涌波涛中神出鬼没、难以捉摸的黑影，预感中最怕的事情终于要发生了。德国潜艇即将从某个未知的方向突然开火，一场海战正在不可阻挡地降临。远道又想，美国海军护航舰队在不远处海域，从电台里收到的信息分析，一九四四年秋天美国舰队已经在大西洋占有相当的优势。德国潜艇殊死一搏，会出现什么结果？现在远道有点怀疑自己在前些天的考虑是否正确。

进入大西洋的前几天，远道让埃萨在安全海域停下来等待美国商船。远道考虑，让“一诺千金”号拉开距离跟随在美国商船船队后面航行，这样既能受到美军护航舰队保护，又不至于被德国潜艇误认为是美国商船而受到攻击。

“一诺千金”号仅仅等了十多个小时，由多艘美国商船组成的船队便出现了，于是“一诺千金”号便保持着距离，尾随在美国船队后面向危险的大西洋海域航行。

美军护航舰队果然从商用船队进入大西洋后便始终前后护卫。

现在，埃萨在驾驶舱一只手紧握舵轮，另一只手拿出总是带在身上的那只酒壶，正当他准备喝酒提神，一声巨响突然炸裂。紧接着炮声大作，火光冲天，如注的弹雨划破寂静的夜空，刹那间战火烈焰把夜幕下的海面撕开无数道血痕。

德军潜艇冒着被美军驱逐舰、猎潜舰击沉的危险袭击美国商船，无疑是在作最后的搏杀。双方皆表现出无惧死亡的攻击精神，战斗打得相当惨烈。

火光四射。炮弹如雨。

最前面的美国商船被击中了，大火迅速燃烧起来，不久那艘商船便摇晃着断成数节沉入海底。又有商船被击中，巨大的爆炸声中烈火熊熊燃烧，火光照亮了大片海面，海面上的情况已是惨不忍睹。

在“一诺千金”号驾驶舱里，埃萨紧抓着舵盘，目不转睛地盯着前方，操纵商船全力躲避一发紧接着一发的炮弹。有几发炮弹落在商船近侧，炸开层层叠叠的巨浪，尔后重重地拍打船舷，仿佛要把船体拍成碎片。夜幕下海战打得越来越惨烈，“一诺千金”号在密集的炮火中穿梭摇晃，沉浮洪波。埃萨熟练地左右打舵，急进急退，驾着商船避开一次接一次被炸沉的危险。

又有两艘商船被击沉，远道估计应该也有潜艇被击中，海面上有一艘美军舰艇被击中起火受损。炮火越发猛烈残酷。

“一诺千金”号船毁人亡就在眼前。

埃萨对远道大声喊道：“我们是不是退回去，先避避？炮火实在太密集了。”

远道高声回道：“保持距离跟着船队走！这时候绝不能掉队，一旦掉队成为孤船，就是德国潜艇攻击的目标。”

埃萨嚷道：“我们是货船，不是快艇！”

远道在这时候表现出异乎寻常的坚定，他不容改变地说：“中国有句话，狭路相逢勇者胜。跟着走，不退缩，冲过去！胜负勇者定！”

埃萨加大马力，驾着“一诺千金”号在弹雨烈焰的缝隙中穿行向前。阵阵冲天浪涛撞碎在船舷甲板，炮弹带着火光紧擦船身飞过，一声接一声爆炸几乎贴在远道和埃萨耳畔。现在，他俩的恐惧紧张神奇般消失了，人在没有退路的时候反倒会勇敢起来。最终，远道和埃萨驾着“一诺千金”号安全地冲出激战海域。

远道长长舒出一口气，他不由回望身后，美军护航舰队的战舰和另一些商船依稀可见，炮弹枪弹渐疏渐远，火光烈焰渐暗渐灭。

黑夜不情愿地褪去，黎明慢吞吞来了。

里斯本港一幢幢小楼出现在埃萨和远道的视野中，属于典型的葡萄牙曼努埃尔风格建筑群。红瓦白墙，搭配几何状的彩色玻璃，石质窗楣和窗台雕刻着奇花异草，门廊前竖立着粗壮的石柱，古典遗风于是无声地弥漫，形成了里斯本这座城市的独特气质。

贝伦塔已经清晰可见，航道上有船往来，却不热闹，这条航道和里斯本港早先应该是热闹繁荣的。远道不由得在心里感叹，中立国的港口现在也只残存着一点点可怜的平静。

“一诺千金”号历经了艰难险阻，现在缓缓进港靠岸。

埃萨激情地向远道伸出双手，远道用力把埃萨的手紧紧握住，俩人热烈地注视着对方，却都没有说一句话。在这个早晨他俩不约而同地克制住激动和喜悦，刚刚闯过生死关，马上又要面临生存关。远道凭着在商场打拼的经验，预感到将满船货物出手是一桩艰难的生意。但是走到这一步已经没有退路，他必须把这船货卖出去。承诺埃萨的利润是救命的钱，埃萨的尊严需要这笔钱，德米兰达家族的荣誉需要这笔钱。远道深知，尊严和荣誉往往比生命更重要。他对埃萨的承诺必须践行，这是中国商人的尊严和荣誉，是他的尊严和荣誉！

俩人握别，埃萨心里不是很踏实地对远道说："我的活干完了，现在看你的了。"

远道努力地笑着，不给自己留余地，回答道："中国商人，一诺千金！"

里斯本城飘荡着一九四四年秋天特有的气息。它没有了往昔紫色薰衣草清雅的淡香，亦没有常年浓郁不散的波特酒略带尖酸的酒香，充盈整座城市的是近在咫尺的战争气氛。远道下船先赶去市中心的商业街。来之前他查阅过相关资料，了解到那是一条有着漫长商业史的老街，葡萄牙乃至欧洲有实力的商家云集此地，开分号的不在少数。首先跳入远道眼帘的是物品牌价，不论涨跌，所有价格均让远道大为意外。食品和机票的价格飞涨，瓷器、丝绸和茶叶的价格大跌。在途中，他已经对所带货品跌价作过估计，但眼前的货品价格还是让他倍受压力。

沿街走去，远道不断告诫自己决不能沮丧，他现在没有沮丧的权力，他必须把这船货卖出去。走到今天，这船货现在已经远远不是一船货了，它关系到太多太多的人和事。远道带着货物样品开始四处奔波寻找买家。商业街冷清得不可思议，大多数商家的门店关着，不但不见店员，橱窗里也空空荡荡。远道硬着头皮敲过几家贸易商行的门，均无人应答。后来有家商行的店员把门拉开一条窄缝，那店员站在门缝后并不出声，只是礼貌地打量着远道，然后礼貌地摆摆手。远道只能苦笑，心想你都不问问我是做什么的就摆手拒绝！远道意识到情况远比他预料的严重。

连续跑了几天，远道总结出一点经验，不敲前门敲后门，不开口说话先把货物样品拿出来请人看。远道的货品质量好，经得住看，这是优势。奔波之下总算有了几次讨价还价，远道狠下心把价格降到成本附近，最终还是达不成协议。无奈之下，远道请埃萨一个交际广泛的朋友喝酒吃饭，那顿饭远道安排了大餐，那顿酒远道陪埃萨的朋友喝出了豪情和豪气。在战时这样够奢侈，同时见心诚。埃萨那位朋友给远道介绍了里斯本城里最有实力的三大商家之一，出门握别，埃萨那位朋友拥抱住远道，耳语道："给你一条绝密情报，谈到关键时刻可以试着用用。"

第二天，远道按照朋友给的地址找到那家商行，因为有朋友介绍，远道没费周折便进入了商行老板的办公室。

商行老板是个精瘦的中年男人，远道注意到这个中年男人面色灰暗，神情疲惫，唯有两只眼睛里还藏着一丝精明。远道有信心了，只要老板精明，做成生意就有希望。远道不怕精明只怕愚蠢。

远道向中年男人详说了所带的货品和价值优势。中年男人听了个大概便耸耸肩表示遗憾。如此，恰恰进一步证明这个中年男人工于算计。远道深谙商业谈判价格是王道，他明白对方这是在压价，于是狠下心，咬紧了牙对中年男人说："这船货按平时价格的五折给你。"

这是远道的底线，不能再低了，如果再低，不但会亏损，同时无法兑现向埃萨的承诺。他自己可以不要利润甚至亏本，承诺给埃萨的钱绝对不能少。

中年男人苦笑，依然摇头表示道："战争时期瓷器、绸缎之类的货物没有销路，如果是食品、药品那又另当别论。"

远道清楚谈判进入攻坚阶段，在抛出埃萨朋友给他的那条信息前先做铺垫，于是说："葡萄牙是中立国，正因为打仗，许多富人、昔日政要、明星贵族，特别是各国弄情报的间谍都来到里斯本，这些人在里斯本需要这类物品。"

中年男人怔了片刻，说："你不太简单。"

远道则实话实说："被逼的。中国有两句话，一句是急中生智，另一句是绝处逢生。"

中年男人这才真正出牌。他打量着远道，说："你再加一张牌，让我看看你的诚意。"

远道无牌，唯有血本。他说："把我的远洋商船一并给你。"

中年男人双眼控制不住蓦地一亮，随即马上藏了回去。

他用依旧平静的语调说："我不做航运，船对我毫无意义。"

远道相信，谈到这种程度，生意成了。他在心里算过，他那条船的价格是加两成价的若干倍，只是他在里斯本没有出售船的渠道和关系，战时做生意，渠道和关系尤其重要。远道说："我们换个做法，你不要船，我再给你加两成钱，我自己去把船卖了。"

中年男人确实如远道预料，是商场上精明的谈判高手，他不失时机地马上抓住远道说："你不熟悉我们这座城市，你要找到卖船的渠道，走通卖船所需要的关系，恐怕不那么容易。我看你是个有诚信的商人，这桩生意成交。"

远道暗自长舒一口气，他对埃萨的承诺总算落地了。远道拿出准备好的协议，放到中年男人面前。

中年男人没有看远道放到桌上的协议，而是审视着远道说："不急，我们继续谈谈，生意已经成交了嘛。我们不妨交个朋友？"

远道发现，自己在这个中年男人面前道行实在太浅，浅到只有眼下剩"诚""义"两个字了。远道默不作声，望着中年男人，等着他往下说，中年男人应该早就准备好接下来他要的东西了。

果然，中年男人压住声音说："你一定还有牌没打出来，统统打出来吧，那张牌剩在你手里带回家就没有价值了。"

远道不能不佩服中年男人缜密的思维和超强的逻辑能力，他恍然悟出，自己开始时说起的关于里斯本战时状态的一番话被中年男人记住了。远道在心里飞速盘算着该如何打最后这张牌。

中年男人起身端了一杯咖啡放在远道面前："你慢慢计划，不着急，我们有时间。"

远道说："不用了，我的牌可以全部给你，而且保证对你大有用处。不过，我也有个条件。"

中年男人非常礼貌地说："请讲。做买卖理应如此，否则是做慈善。"

远道说："我有个朋友，是远洋船长，我这条船就是他从中国开过来的。请你聘请他做船长，继续驾驶这条船。"

中年男人爽快地答应道："我接受。请把你最后的牌亮出来吧。"

远道于是把那条消息说了出来："我昨天听到一个情报

类的消息，德国最高层正在筹划发起一场战略意义上的战役。”

中年男人打断远道：“你等等，让我来接着往下说。对这条情报，美国人并不重视，英法情报人员拿着这份情报无处可用。不过我觉得这条情报如果增加两个关键点，它的价值不可估量。”

远道接过话，说：“地点和时间。”

中年男人的眼睛彻底亮了，而且不再掩饰，他盯着远道追问：“你的消息里有地点和时间？”

远道说：“战役地点属于德军的最高机密，不大可能透露，透露出来的大概率是假情报。像今年五月的诺曼底登陆，德国人就是被假情报误导了。不过战役代号可能会是‘守望莱茵’，一个很美的名字。”

中年男人若有所思地默念着“守望莱茵”四个字，“守望莱茵”这个名字是否与地域有关？

远道继续说：“其实这些内容对你意义不大，你不是做情报买卖的。这条情报对你的意义在于时间，‘守望莱茵’战役的发起时间……可能会在今年年底。”

中年男人惊呼道：“今年年底？！”

远道最后说："这批货你只要拿在手上坚持一年，价格肯定翻几番。"

中年男人赞同地解读道："你的意思是，再打上一两次大战役，战争就该结束了。"

远道点头道："希特勒的时间不长了，他手上的牌差不多打光了。"

几天后，远道办完了货物和船只的交接手续，约埃萨见面。埃萨选了希亚多广场一侧的巴西人咖啡馆和远道见面。

在里斯本，人们社交见面通常选择在咖啡馆。巴西人咖啡馆因选用原产巴西的咖啡豆而得名，这间咖啡馆在里斯本颇有名气。与外国人见面，里斯本当地人大多选择巴西人咖啡馆，这间咖啡馆的人文气质被里斯本当地人看重。

远道和埃萨在巴西人咖啡馆二楼坐下来，埃萨问远道喝点什么。远道表示自己平日只喝茶，既然到了葡萄牙到了里斯本，尝尝咖啡的苦味也无妨。埃萨为远道点了一小杯黑咖啡加苦艾酒。

远道不可改变地说："事先说好的，利润对半分。"

埃萨想了想，总觉得有些不对，却弄不清楚哪里不对。

他历来对生意没兴趣，他不懂生意场上的交易。作为远洋船长，他的收入足够在里斯本过上体面的生活，他不需要谋取其他收入。过了好一会儿埃萨问："你那船货真的卖掉了？"

远道点点头，说："没卖掉我哪里来这笔钱？"

埃萨说："你们中国商人做生意真有本事。"

远道很想告诉埃萨，其实中国商人做生意没有特别的诀窍，讲诚信是做生意的根本。远道想起了外公，外公传下的那方印章上刻着的四个字：一诺千金。

埃萨想起了远道交给他的印章，忙说："那方印章应该物归原主。今天我没带来，等我们分别的时候交还给你。"

远道话里藏了深意，道："印章你先留着吧。"

埃萨对远道的这句话没往深里想，说："我代表德米兰达家族感谢你的救命之恩！我会永远记着你的大恩大德！"

远道举了举咖啡杯："我们就此别过。"

埃萨大惊："就此别过？你这就要离开里斯本？"

远道说："今晚有船去中国。"

埃萨怔住了，他对船历来有着特别的敏感，问道："你的船呢？"

远道一时语塞，想了片刻才掩饰道："现在打仗，大西洋、印度洋、太平洋没有一处是安全的，海上行船风险太大，我的船暂时放在朋友那儿了。"

埃萨将信将疑，说："远道兄弟，虽然你今天晚上就要离开里斯本让我非常难过，不过我相信你说的每一句话。祝你好运！"

第二幕

许多年之后

几个小时前，白露最初走进这座城市时所产生的新奇和神秘现在统统淡去了。这座阿拉伯风情浓郁的港口城市给人最初的也是最强烈的印象是神秘，神秘渗透在每座建筑、每处景物的缝隙里肌理中，甚至这座城市的神秘也是藏在每双眼睛后面的。那种神秘无时无处不在，却又让人难以言状。现在，白露眼睛里唯有吉尔。

相约大海

二十世纪八十年代的春天有着动人的春意和明媚的春韵，即使是那个年代的秋天，人们也总是充满了春天才会产生的冲动和向往。那些年深秋季节的红叶在人们记忆中红得分外迷人，那些年的深秋红叶总是尽染层林，沁心润脾，令人幻想，如同春天飞舞的百花。

二十世纪八十年代的某个秋天，一艘从中国上海港出发的远洋邮轮穿过马六甲海峡驶向印度洋。霞光把浩瀚的洋面染成橙红色，远洋邮轮犹如在浓烈橙红中游走的画笔。船舷和甲板上有悠扬的音乐轻轻飘荡，音乐的旋律随着大海的波涛荡漾开来，飘向更为遥远的地方。

那个年代人们向往远方，远方有未知的世界，未知世界在那个年代人们的遐想中美好而浪漫。那时候有一首很流行的歌，其中一句歌词是“再过二十年，我们来相会”。那是时间的远方，是心灵的远方。

白露是那年夏天从大学毕业的。她学的是石油专业，大约因为英语成绩优秀的缘故，分配到单位不久便被派往中东油田工作。油田地处沙漠，远离城市，交通极不方便。白露所在的中资企业能够获得这家油田的开采和炼油项目，应该与条件艰苦有关。那个年代能够出国工作是件了不起的事，白露觉得自己挺幸运，不仅赶上了一个美好的时代，有专业对口的工作，并且还能去大海航行。

这是深秋的早晨，大海在白露眼里温情脉脉，偶尔翻卷起来的浪花则楚楚动人。白露沿着船舷走来，她身上散发着清雅的美丽，一种没有丝毫媚艳的自然美，只在不经意的刹那便能令人心慌目眩。大学时曾有个学长热烈地追求白露，有次白露问学长是什么让他如此热烈追求。学长用反问的句式对白露说，难道你不知道自己既清澈见底又能让男人长久阅读？白露比较反感这类格言名句，特别讨厌“优秀的女人是一本能让男人读一生而不厌倦的书”之类。

白露不愿意成为让人阅读的书。

白露更愿意阅读能够让她自己产生兴趣的书。

大学毕业后，白露原本准备报考葡萄牙里斯本大学硕士研究生，里斯本是她父亲远道生命的转折点，那座城市深藏着父亲远道的故事。父亲大半生坎坷苦难的起点也许在澳门，但故事里的人物却在葡萄牙在里斯本。白露想去里斯本大学读研，除了希望寻访父亲的故事和故旧，她还要寻找父亲遗落在里斯本的两件器物。遗落在里斯本的那两件器物注满了父亲的心血，那是父亲留给她的最珍贵记忆。后来，是父亲劝她改变这个想法，父亲告诉她应该有自己的生活和人生。

几只海鸟追逐着邮轮飞翔，忽而划过海面溅起几朵浪花，忽而停在船舷栏杆上表现出对人类的好奇。白露望着海鸟不由得寻思，海鸟在一望无际的大海上如何休息如何睡觉呢？难道海鸟能够永远不知疲倦地飞翔？是在这一刻，白露与迎面走来的吉尔擦身而过。只是一个非常短暂的瞬间，白露与吉尔的目光似乎碰撞了一下。

那个早晨，白露还不知道这个年轻的欧洲男子叫吉尔，更不会知道在后来的日子里她将与这个叫吉尔的男子发生许多故事。白露毫无理由地回首望了一眼，恰恰在白露回首的这一刻，吉尔也扭回头用一双既蓝又绿的眼睛朝她望过来，这次俩人的目光真切地碰撞在一起。白露很快逃开自己的目光，她的心瞬间慌乱了，吉尔则礼貌地朝她微笑着点点头。白露意识到自己的失礼和慌乱，不过目光既然已经逃开，再转回去更不妥，白露只能匆匆离去。

她有点懊恼，她从来没有这样狼狈过。

吉尔注视着白露远去的背影，直到白露的背影完全消失，吉尔也没能挪开自己的目光。刚才他与白露只是瞬间相视，吉尔却觉得再难抹去白露留下的印象。想到这一层，吉尔不由得心里一震，这是一位十分美丽优雅的女子，仅仅只是如此吗？没有任何理由，吉尔觉得自己产生了一种从未有过的冲动，这种冲动犹如火焰般燃烧，他全身灼热起来，脑海则充满了浪漫的遐想。他忽然就想到一个中国成语：一见钟情。他在学习汉字时，初识这句中国成语，便觉得这句非常有趣，竟然能够那么准确地表达他这个来自千山万水之外的年轻人的心思。

很快，吉尔又恍惚觉得自己与这位陌生女子似乎在哪里见过。但是如果他们曾经见过，他又怎么可能忘却？他不是第一次来中国，与一位中国姑娘在茫茫人海偶然相遇又擦肩而过完全可能，难道是某种力量使他们曾经相遇又错过？中国人相信命运，吉尔信奉上帝，不论是命运还是上帝，都是神奇而神秘的存在。吉尔似乎听见上帝在对他说，你应该相信自己的直觉，直觉常常比理性可靠，直觉往往比依据重要。无论如何，一见钟情的冲动已深深缠绕在吉尔心头，伴随而来的是莫名其妙的不安，莫名其妙的不安仿佛在告示吉尔，不久会有某件事情发生。吉尔越发不解，他怎么会在一见钟情的时候生出不安感。

吉尔的长相与父亲酷似，属于不那么纯粹的欧罗巴人种，有着较为明显的被阿拉伯人种混血的痕迹，所以吉尔不但眼睛里多了一层梦幻光泽，思维中也会生出梦幻意识，因此，吉尔的眼神常常会给人似是而非的印象。

“似是而非”是中国汉语里的一句成语。吉尔的汉语达到了相当不错的水平，这句成语是他这次来中国学到的。那个略带上海口音的汉语老师告诉他，男人似是而非的眼神具有不可抗拒的魅力。汉语老师是个年轻的上海姑娘，她怎么知道男人似是而非的眼神具有不可抗拒的魅力呢？再者，他的眼神怎么就“似是而非”了？什么样的眼神“似是而非”？这一连串的问题都让吉尔费解。

离开上海前一天晚上，年轻女教师选了家上海菜馆为吉尔送行。其间，吉尔向年轻女教师请教关于“似是而非”的解读。年轻女教师听了开心地大笑，说：“一句玩笑你也如此认真？”吉尔说：“其实你们中国人很认真的，为一句话能够……”吉尔没有把那句话说出来，那是一句沉重的意味深长的话，那句话联结着吉尔数次前来中国的原因。

女教师望着吉尔，用看上去十分认真的样子向吉尔解释说："'似是而非'就是具有不确定性。你的眼睛似蓝非蓝似绿非绿，你的眼神若即若离含笑且忧，你注视某人时有心又无意，你眼神的语言有时候欲言又止，这就是似是而非的神情。"

年轻女教师的解读，吉尔难以认同，他认为自己不是"似是而非"的人，不过吉尔记住了"似是而非"这个汉语成语。吉尔来过中国几次，每次来中国只有一个目的，就是完成父亲的心愿。父亲身体好的时候来中国旅行不太方便，后来前往中国旅行方便了，父亲却大病一场。不久父亲病逝，他是带着遗憾离开人世的，于是父亲的遗愿只能由吉尔完成。

秋天的这个早晨，吉尔想起了"一见钟情"，同时记起了"似是而非"，这两个成语让他对某件事情即将发生的预感大增，这是两个完全无关、相差甚远的成语。吉尔不可能知道即将发生的是什么事情，但这个预感变得非常强烈。一定是冥冥中神圣又神秘的力量在发挥作用！一定是父亲在天堂和地狱的交叉路口注视着自己。吉尔仿佛突然听见整个家族都在对着他高喊：你是要送你的父亲去天堂，还是让你父亲下地狱？！

吉尔没有经历过父亲那辈人的岁月，因而很难体会上辈人心中坚守的东西。父亲在临终时交代吉尔，要吉尔穷尽一生也要完成他的遗愿，否则他将会下地狱而不能进天堂。果然在父亲去世之后，吉尔不论是走进里斯本大教堂还是圣玛丽教堂，或者是在圣杰莫罗尼教堂做礼拜，他都能听见上帝的声音：你肩负的不仅是你父亲的遗愿，那是一个使命。

吉尔重新把目光投向白露消失的地方，这一刻他不可抑制地想：难道父亲的遗愿与这位美丽优雅的中国姑娘相关？

海上生明月，

明月映微澜。

微澜柔似歌，

歌由谁相伴。

今夜海上的风很轻很柔，轻波微澜使往日里浪险波激的印度洋愈显平静，当空皓月倒映在海面犹如铜镜，铜镜中似乎有风云在变幻。大海的夜晚总是在浪漫与危险之间游荡，现在大海温婉如诗，白露和吉尔不会意识到温婉如诗恰恰是巨大危机的前奏，满船旅客更没有谁会朝厄运的方向思忖。

邮轮上层的豪华舞厅照例灯火辉煌，琴声如诉。来自不同国家的男女游客踏着不乏古典韵味的旋律迈出华丽的舞步，无言地传递着世间的万种情愫。吉尔安静地独坐在舞厅一角。他没有邀请任何一位女性起舞，他的目光始终追随着白露，白天的预感现在越来越强烈，他几乎认定自己与这位年轻的中国女性之间存在某种关联，然而他实在无法猜测自己与这位姑娘之间存在着什么样的关联。难道真是一见钟情才令他浮想联翩？

白露被一位又一位男士邀请共舞。美丽优雅的年轻女性在舞会上总是主角，这是苍天和大地的约定。白露的交谊舞跳得极好，她犹如一枚秋叶被轻风托着飘旋，她宛若一朵浪花被波涛慢慢举起，她是一抹亮丽的色彩，只在画中方能品味出经久不散的惊艳。

白露很尽兴。

吉尔很焦灼。

舞会终于出现了休止符。吉尔抓紧时机走到白露身旁坐下来，于是俩人微微颔首浅浅一笑。当舞曲再次奏响的时候吉尔把手伸给白露，白露起身随着吉尔滑向舞池。整座舞池很快出现了令人意外又属情理之中的宁静，除去音乐唯有海风海浪相随相伴，除去灯光唯有白露与吉尔的目光相视凝望。后来他俩之间便有了那个年代青年男女之间常常会出现的对话。

吉尔深情地说：“我觉得自己等待今夜这个时刻已经很久很久了，没有理由只有感觉。”

白露带了点羞涩地迎着吉尔的目光，说：“人生在某些时刻不需要理由只需要感觉，感觉比理由更重要更准确。”

吉尔凝望着白露的目光深入了一点，说：“你的舞跳得真美，人比舞更美。”

桃红蓦然涌上白露的脸颊，她忙换了话题：“你的中国话讲得很好。”

吉尔解释说：“是我父亲让我学的，为了来中国。”

白露有些意外，试探着问道：“你父亲有一段关于中国的故事？”

吉尔犹豫了片刻，道：“今夜的大海很一定美，海上的月色也会很美，我能有幸邀请你共享海上今夜的明月吗？”

白露望着吉尔颔首一笑，算是应承了。

他们丢下舞池舞曲离开舞厅。

第二幕·许多年之后

船首甲板。月光如雪。

吉尔与白露并肩伏在栏杆上。

不远处的海面有灯塔闪烁，还有点点渔火，那个夜晚让白露和吉尔在后来记得很久，很久……

那天夜里白露和吉尔从梦中被枪声惊醒。

白露与吉尔不在同一层舱位，白露在最底层的普通舱。当白露被惊恐慌乱的人流裹挟着来到前甲板，她才看见吉尔也挤在人群中。那时候甲板上站着十多名海盗，海盗手里端着冲锋枪，枪口冒着烟，显然刚发射过子弹。人们虽然没见着有伤者，但是海盗的出现足以令满船旅客魂飞胆丧。邮轮四周有多条充气快艇嘶吼着马达声疯狂地来回穿梭，快艇上架着机枪之类的重武器，不时有子弹飞向天空划破夜幕。

吉尔在人群中看见了白露，他悄悄向白露移动。在这样特殊的时刻吉尔觉得必须为白露做点什么，无论情形如何发展，他不会让白露受到任何伤害。为白露付出，他会很幸福。用“一生无憾”表达自己此刻的心情准确吗？“一生无憾”是成语吗？吉尔想，白露和他能够平安渡过这次劫难，一定要向白露请教“一生无憾”是不是成语。

一个小个子海盗举起枪朝吉尔大声吼了一句什么，显然小个子海盗发现吉尔在移动，这算是对吉尔发出警告。

立刻有许多人吓得四散躲开吉尔，双手紧护着脑袋蹲下去。有几个女人和孩子控制不住发出惊叫，惊叫过后是死一般的寂静。没有人再敢轻举妄动，有个船员偷偷朝吉尔瞟了一眼，示意吉尔千万别引发海盗不满，导致海盗开枪伤人。

吉尔周围现在是大块空空荡荡的甲板，他站在那里抢眼又十分孤独，这种时候的抢眼和孤独是危险信号。吉尔的目光扫向海盗，他没有躲避没有退缩，反倒透着一种冷静。片刻之后，海盗中有人发话了，这个人讲的是葡萄牙语，虽然这个人的葡萄牙语与标准的葡萄牙语有很大的不同，不过吉尔能听懂，白露连听带猜能懂个大意。

这个人用平静的语调说："我不希望看见不愉快的事情发生，我们只是希望跟你们做一些海上通常要做的交易。"这个人说着，环顾一眼充满恐惧的人群，接着说："我们也是生活在文明世界的人，我们历来遵守海上的传统规则。当然如果有人首先打破海上的规则，那么我们只能奉陪。"

这个人又居高临下地说："我希望各位女士各位先生，

能够明白我表达的善意。”

白露注意到这个海盗的额头有条十分明显的刀疤，那条刀疤很长，形状怪异且恐怖，呈现出无言的凶狠险恶。吉尔同样注意到这个海盗脸上的刀疤，他想这条刀疤应该是这名海盗的一段经历以及拼杀恶斗的标志。吉尔和白露下意识对视一眼，不约而同在心里称这个海盗为“刀疤”。

“刀疤”刚才那一番话令人群不禁更感恐怖，没有人敢首先出声。时间一秒一秒过去，漫长得极其难熬，甲板上死一样的寂静开始埋葬人们的意志，一点一点击碎人们的承受力。

吉尔注意到“刀疤”有着发亮的深棕色皮肤，一双眼睛仿佛是用刀刻出来的，双眼的每道线条都像锋利的刀刃，如果他用眼睛审视你，一定刀刀见血。“刀疤”明显是混血儿，深棕色皮肤里有来自沙漠干枯苦涩的基因，也有来自印度洋潮湿凶险的基因。“刀疤”的耐性看起来相当不错，与常见的海盗很不相同，接着他甚至带了点幽默说：“我想我们之间可能产生了一点点误会，这样的误会大概是语言障碍造成的。我希望是这个原因。我希望有人能出来帮助消除我们之间因语言不通产生的误会。”

白露能大致听懂“刀疤”讲的葡萄牙语，她学习葡萄牙语是为了去里斯本大学读研，没想到竟在这种场合有点用。她寻思，这个海盗习惯用“希望”这个词，海盗对什么样的东西存着希望呢？这倒有点意思。

吉尔令人意外地开口说话，他说：“遵守海上的传统规则，消除我们之间的误会，这样当然好。可你们手里的枪正指着我们，这样误会很难消除。”

“刀疤”有点吃惊，他用一双深陷得几乎看不见的眼睛盯着吉尔，说：“你的葡萄牙语很标准，有贵族口音。不过贵族的规矩在海上行不通，贵族的尊威在我们之间不起作用，还是先让我来教教你海上的规矩。”说完，“刀疤”把手里的冲锋枪指着吉尔晃了晃，突然压低到离吉尔头顶只有半寸的高度打出一个连发。子弹擦着吉尔头顶呼啸而过，子弹射在船舷栏杆上发出惊心动魄的脆响。

实在是惊魂一刻！吉尔努力控制住自己，突如其来的子弹差一点就击中他，他以尽可能平静的声音对“刀疤”说：“海上的规则是要钱要财不要命，枪和子弹在你我之间并不是最好的语言。”

“刀疤”笑了：“你不但葡语讲得比我好，对海上规则的理解也比我深刻。这就好办了。”

显然“刀疤”是这群海盗的首领，吉尔问：“你现在把这些人放了，要多少钱，我跟你谈。”

“刀疤”说：“我希望你是个真正有钱的人。”

吉尔说：“我不会拿自己的生命做游戏。”

“刀疤”松下手中的枪强调：“你应该了解我们的做法，只收现金。”

吉尔说：“你认为我能预见在此与你们相遇，为你们准备好足够的现金？”

“刀疤”问：“你能给一个我们双方都能够接受的建议吗？”

吉尔说：“离下一个港口不到一百海里。我在那里下船，和你们一起去银行。”

“刀疤”没有迟疑，马上说：“这个好办，不用等到下个港口，你现在就乘我们的船跟我们走。”

吉尔似乎在思索什么，过了一会才说：“我现在跟你们走可以，但是我怎么确定你们会遵守约定，没有伤害这条船上的任何人呢？”

“刀疤”沉下脸色，冷冷地回道：“你敢质疑我？！”转而又说：“念你像个贵族后代，我退让一步。这条船上肯定有你信任的人，在下一个港口你可以让你信任的人给你发个信号。”

吉尔不经意地让目光扫过白露。虽然只是一个不经意的瞬间，白露却感受到吉尔目光的深长意味，感受到那道目光所包含的危机与解救。她让自己的目光长久地停在吉尔身上，她相信吉尔能懂她的意思：她值得他信任！

其实这只是一个非常短暂的瞬间，短暂到他俩之外的人难以察觉。正是这个非常短暂的瞬间，白露和吉尔同时在心里想到了一句成语：一诺千金。

下一个港口正是白露的目的港，她原本要在那里下船，现在多了一份不可预知无法掌控的危险，更有从未感受过的责任。白露环顾身边的旅客，忽然意识到这些陌生的男人和女人、老人和孩童，从这一刻起与自己有了不可分割的关系。吉尔真的能够拿出满足海盗所要的钱吗？即使吉尔真的有钱，他会把钱给海盗吗？海盗拿到钱后能遵守所谓的海上规则善待吉尔吗？无数问题冒出来，而且全部都是未知数。白露发现自己踏上了一条危险重重的大海之路，前面等着她的是什么，根本不可预知。现在已经没有退路了，不管前面有多少生死较量，不管接下来的时间里会出现怎样的凶险，她已经无路可退。“一诺千金”这个词对白露而言是刻在血脉中的。

在这个恐怖的大海之夜，白露开始真正理解父亲远道在一九四四年踏上这条海路时遇到的风险，遇到的生死抉择。

这是一座有着浓郁阿拉伯风情的港口城市。

几个小时前，白露最初走进这座城市时所产生的新奇和神秘现在统统淡去了。这座阿拉伯风情浓郁的港口城市给人最初的也是最强烈的印象是神秘，神秘渗透在每座建筑、每处景物的缝隙里肌理中，甚至这座城市的神秘也是藏在每双眼睛后面的。那种神秘无时无处不在，却又让人难以言状。现在，白露眼睛里唯有吉尔。

吉尔站在她的面前。她和吉尔离得是这样近，刚刚过去的经历像极了一场梦。所经历的一切是那么不真实，酷似阿拉伯神话中某一段故事，属于那种跌宕起伏、险象环生的故事。现在回头看，竟然还是一个峰回路转，结局出乎预料的故事。到这里故事也许就要结束了，吉尔和她就要走出梦境回到各自的现实世界。

这是长途汽车站。

白露和吉尔站在车站僻静的一角。

这座城市的长途汽车站与中国内地（大陆）很不一样，车站里的旅客或站或坐，皆悠然从容，不像是要乘车赶路去往某个地方，从他们不紧不慢的神态，外来人很难判断他们来车站究竟要做什么。他们把自己藏在黑色或白色长袍里，犹如被某种神秘所笼罩，一双双大而深的眼睛仿佛永远在让你猜测。他们习惯性的沉默无语使整座车站静悄悄的，于是更加重了这座城市神秘的氛围。

十几分钟前吉尔陪着白露来到这里，指导白露买好车票，帮着白露找到上车的位置。吉尔去过世界许多国家，白露是第一次走出国门。分别在即，白露和吉尔都想表达各自的情感，是道别，抑或相约？俩人心里涌动着难以言喻的炽热，是迅猛爆发的最初的爱恋吗？还是刻骨铭心又不可名状的纯情？他俩心中已经发生了什么，只是他俩现在还无从判定。几天前他们才刚刚相遇相识，一场惊心动魄的生死危机刚刚过去，俩人对突如其来发生的一切毫无准备，无论对生死还是对爱恋他俩都毫无准备。今日告别，何时再见？白露不知道这个时刻该如何开口。吉尔觉得这个时刻他应该做点什么，却不知道该做什么。

白露和吉尔默默地看着对方。

时间在飞快流逝。

汽车发动了。那是一辆日本产的大客车，样式、色彩均比较复古，给人以许多遐想空间，甚至能够让人想起那个时期的日本电影。那个时期的日本电影几乎每部都能在中国内地（大陆）引起观影热潮，影片中男女主角的情感、神态，甚至连语气、台词都被中国观众热议。此时日本产大客车成了白露与吉尔告别的背景，格外透出一种依依惜别的情调。旅客陆续上车，最后剩下白露还站在车门前。没有人催促白露，但是白露和吉尔都清楚他们必须告别了。

吉尔终于轻声说了句再平常不过的话："保重。"

白露点点头，这一刻她越发觉得有太多的话要讲，可是却愈加不知道从哪里说起。

吉尔又说："给我写信。"

白露垂下目光，她觉得眼睛有些潮湿，那种潮湿是从胸口涌上来的。

吉尔继续说到："我会等你的来信，等你报平安。沙漠不会有大海的浪漫，沙漠只有比大海更残酷的凶险。"

白露终于什么也没说，她转身跑上汽车，她怕吉尔看见她眼睛里的泪水。她从来没有为哪个男人流过泪，父亲说她是个特别坚强的女孩，当汽车开动的那一刻，她知道自己其实并不坚强。

汽车渐渐驶远了，绿白相间的阿拉伯建筑纷纷退向远处，白露终于敢扭过头朝着吉尔站立的方向望去。阿拉伯风情浓郁的港口城市渐渐消失在沙漠尽头。

汽车颠簸在茫茫沙漠的腹地。白露的目光始终望着车窗外。那是一个阳光晃眼的下午，连绵不绝的沙漠在阳光下很容易让人想起远去的驼队和悠长的驼铃。也许这是适合倾听或者回味故事的场景，到这一刻白露的视线彻底模糊了，她知道是奔涌而出的泪水所致。那段刚刚过去的吉尔与海盗充满凶险的生死搏斗，现在成了白露无限遐想、回味不尽的故事，有几分温馨，有几分浪漫。

第二幕·许多年之后

几个小时前，远洋邮轮驶进港湾靠上码头。白露迫不及待地跑下邮轮，她要马上告诉吉尔船上的旅客全部安全，接下来最要紧的是吉尔自身的安全。白露踏上码头的第一眼就看见了吉尔。

吉尔站在码头一处不起眼的角落，“刀疤”阴沉地贴在吉尔身后，一只手紧紧顶在吉尔腰部。白露明白那只手里握着一支枪，枪膛装满子弹，只需轻轻扣动击发机，吉尔年轻的生命就结束了。白露不敢也来不及想象吉尔倒下的情景，她连忙向吉尔点头示意，通知吉尔邮轮与旅客均平安无事。吉尔似乎朝她露出过一个微笑，然后转身跟着“刀疤”离开码头。白露注意到，在吉尔和“刀疤”周围三三两两跟着十多名海盗。

转眼吉尔和海盗走出白露的视线，淹没在密密麻麻的楼群里。白露的心刹那间被捏出一阵从未有过的灼痛，紧接着她陷入了极度紧张和担忧。

吉尔被海盗带到一家银行附近。支付海盗钱款的数字在先前已经谈妥。“刀疤”冷冷地对吉尔说：“不要有表现聪明或者勇敢之类的举动，那样做很幼稚。如果你破坏了规矩，违背我们达成的约定，那么死的不只是你自己，那扇银行大门里的所有人都得死！当然，一定也将包括刚才给你传递信息的那位年轻美丽的中国姑娘。”

吉尔心里猛地一惊，他完全没有想到“刀疤”竟然察觉到他与白露之间仅仅一瞬间的眼神交流。吉尔沉默着没有接话，他毫无表情地等“刀疤”把话讲完，他没有想欺骗任何人，包括眼前这群海盗。

果然“刀疤”继续说到：“你应该清楚，我们能找到刚才给你传递信号的那个中国姑娘。”

吉尔沉默着朝银行走去。

三个海盗紧贴着吉尔走进银行，另有两个海盗跟上去守在银行门外望风。“刀疤”站在银行斜对面一座两层建筑的拐角，跟在他身后的几名海盗干脆把枪亮了出来。

没过太久，吉尔从银行大门走出来。跟在吉尔身后的几名海盗拎着事先准备的包，包装得很满，沉甸甸的。吉尔和几名海盗走回到“刀疤”面前，那个小个子海盗朝“刀疤”做了个手势。“刀疤”对吉尔说：“你是个懂规矩守契约的人。如果有朝一日你我再见，我希望你我可以尝试着做朋友。”

吉尔回答道："你的这个建议挺有趣。我也提醒你一句，请你同样遵守我们的约定。"

拎着装钱袋子的小个子海盗这时冷不丁冒出一句："假如我们不遵守约定你能怎么样？你有办法治我们生死？"

"刀疤"不言语，不动声色地注视着吉尔。

吉尔平静地说："如果你们不遵守我们之间的约定，我没有办法，上帝有办法；我不能治你们生死，上帝能决定你们灵魂的归宿。"

"刀疤"听完吉尔的话马上开口说道："请你记住，讲规矩遵守契约是我和兄弟们的生路，在大海上做交易没有人敢破坏规矩，不守契约。"

吉尔没有告诉白露他与海盗的约定是什么，当然也没有说他给了海盗多少钱。白露有过一个好奇又强烈的闪念，想问吉尔与海盗约定了什么，吉尔与海盗之间的约定与上帝又有什么关系。仅仅只是一个闪念，她与吉尔相见即是分别，他们有太多的话要说。

白露到站下车时，太阳已经掉进沙漠深处。她十分意外地打量着这个汽车站，竟然只是插在路边的一根木桩，木桩上钉着一块字迹早已模糊不清的木牌。更让白露惊讶不已的是在这个站下车的只有她一个人。天色迅速暗下来，沙漠露出凶残的本性，沙丘令人毛骨悚然地暗自移动起来，放眼望出去天地间只有既沉且黑的巨大暗影。

从上海出发的时候单位领导告诉她，有人会到港口接她。因为遇上海盗，船到码头晚点，来接她的人承担着其他任务不能久等，便给她留了言。留言倒是讲得很清楚，长途汽车站在哪条大街，怎么买汽车票，坐上长途汽车在哪个站下车，在车站接她的人什么模样，等等。二十世纪八十年代的通信十分落后，遥遥海路加上地处茫茫沙漠，因此出现任何差错都属常态。白露仿佛被孤独地扔在这片沙漠上，她弄不清楚方向找不到路，连问路的人也没有。白露寻思，唯一的办法只能等待，等着接她的人出现。眼下的问题在于白露不知道如何熬过进入沙漠的第一个夜晚，她不敢想象沙漠之夜会出现怎样不可预料的事情，她能够想到的只有“可怕”两个字。

夜幕无情地降临了。起先是冷，下午还是烈日如火，干热难耐，到了夜晚，寒冷竟然犹如带着尖刀利刃，吹在身上脸上一阵阵刺痛。这时候如果有堆篝火该多好，既可驱寒又能壮胆，白露这样想着。沙漠夜晚燃一堆篝火现在属于十分奢侈的想象，周围连根树枝都找不到，何况白露没有带火柴，她对独闯沙漠之夜毫无准备。

夜不可阻挡地越来越深不可测，仰望头顶的苍穹，无星无月。远处传来阿拉伯狼尖锐的嚎叫声，那声音加重了沙漠夜晚凄厉的恐怖。白露不记得在哪本书上读到过对阿拉伯狼的描写。阿拉伯狼被称为沙漠之王，它在沙漠里奔跑起来具有十分犀利的速度，四只犬牙能撕碎骆驼厚厚的皮毛。那本书上有一段这样的描写：人类是阿拉伯狼的天敌，为得到阿拉伯狼的皮毛，防止阿拉伯狼伤害家畜，曾经大肆猎杀阿拉伯狼，因而阿拉伯狼对人类留下了刻录在种群血脉中的深仇大恨，那种仇恨能够在阿拉伯狼的繁衍中得到遗传。

白露听见自己的心脏狂跳起来，接着听见了一种声音。那声音很远又很近，不是很响却是那么沉重，更有着令人悸颤的节奏。过了一会，白露才听出那声音竟是自己上下牙齿打架发出的颤响。她意识到自己的全身都在发抖，抖得十分厉害，她努力想止住颤抖，但她根本做不到。这一刻，远处居然出现了绿色光点，那些绿色的光点在跳跃，在游移，在逼近。白露对自己说，那是阿拉伯狼的眼睛！绿色光点越聚越多，真的是阿拉伯狼吗？

难道她将为人类向阿拉伯狼赎罪，给阿拉伯狼补偿？

白露觉得自己就要崩溃了，对能否坚持到明天黎明彻底失去了信心。就在这时候，远处亮起了两束灯光。光束渐渐靠近，白露判断应该是一辆汽车。判定是汽车的最初一刻，白露长长松了口气，她得救了！命运还是眷顾她的。但她马上重新紧张起来，驾车的是什么人？会不会是沙漠盗匪？一个更为糟糕的念头冒了出来：是阿拉伯狼可怕，还是沙漠盗匪更可怕？

现在白露只能听天由命了。

吉尔在长途汽车站一直望到带走白露的汽车被沙漠吞没。后来他回到之前乘坐的远洋邮轮，邮轮将在次日早晨起航，继续航行驶往大西洋。阿拉伯风情浓郁的港口城市不是吉尔这次航程的终点，吉尔航行的目的港是里斯本。

远洋邮轮上恢复了平静，前一天才发生过的海盗事件已经成了旅客闲谈阔论时不可多得的话题。人们在谈论事件中的种种细节时，所有危急险恶的情形统统成为谈论者夸张炫耀的谈资，吉尔则被描绘成英雄式的传奇人物。不过人们没有记住吉尔的模样，当海盗的枪口指向脑袋的时候他们吓坏了，根本不敢让目光移动毫厘，只是死死盯着各自脚下的方寸之地，似乎只有那样才能不受伤害保住平安。至于白露，人们则完全不知晓有这样一位年轻美丽的中国女性存在，更不知晓她曾在危急关头挺身为旅客和船员做过风险极大的事情。

吉尔觉得整艘邮轮现在忽然空落落的，白露离船使吉尔感觉中的邮轮缺失了太多。吉尔毫无目的地打开收音机，他想分散自己的注意力。当地电台正在播报一则新闻，距离港口城市一百多公里处的沙漠地区发生剧烈爆炸。据悉是采油井爆炸，爆炸引发大火，现场有人员在爆炸中伤亡，详细情况目前不清楚。截止到新闻播报时为止，还没有任何组织或个人宣布对这次爆炸负责。据相关权威人士分析，可能是当地极端宗教武装组织发动的袭击，以报复政府军警在三天前抓捕了该组织的一名领导成员。

吉尔不待电台关于这次事件的新闻播报结束，草草收拾行李，来不及退转船票便匆匆下船。他在码头租了一辆吉普车，简单准备几样前往沙漠的必需品，然后直奔沙漠。吉尔庆幸下午帮着白露一起去买汽车票，否则他不会知道那辆长途汽车的方向和线路，更无从了解白露下车的地点。令他担心的正是白露下车的地点，那片地区正处在油井爆炸附近，无论是不是白露前往工作的油井爆炸，极端宗教武装组织出现在那里就是极度危险的信号。

吉尔驾驶着吉普车在夜色中的沙漠狂奔，他觉得自己被从未有过的力量驱动着。面对随时可能发生的袭击或者别的突然事件，他没有恐惧，没有慌乱，甚至连谨慎小心也被忽略了。在吉尔心里现在只有一个念头，就是尽快找到白露。车灯射出的光束刺向深不见底的茫茫沙漠，冥冥之中他感到父亲在天上看着他。父亲活着的时候经常对他说，善待生命，帮助有难的人，就是为自己播种福报。吉尔没想过要为自己播种福报，他是被爱的力量驱使着，鞭策着，激励着！在这个沙漠之夜，他坚信自己深深爱上了白露，与那位中国姑娘一见钟情。

车灯射出的光束终于照亮了一个身影。那是白露。

吉普车戛然刹住在白露身旁。

吉尔飞身从车上跳下来。

白露怔怔地看着吉尔。

吉尔疾风般冲向白露。

白露扑进吉尔怀里。

两张面孔紧紧贴在了一起。

两个人都感触到对方的泪水。

两颗心瞬间共振在同一频率上。

此刻，有一首歌在俩人心灵的深处轻轻哼响，犹如一脉清泉缓缓流过：

让我们相约从前
让我们相约未来
相约守护初见的柔情
相约危难时生死同在
相约执手相望直到永远
相约不变的诺言写满大海

让我们相约命运
让我们相约情怀
相约有个夜晚月如雪
相约有个清晨花盛开
相约雪山捧出纯真年代
相约大海铭记着不朽的爱

让我们相约
让我们相约

沙漠的夜很深时，吉普车旁燃起了篝火。篝火映照着白露的脸庞，白露的脸庞有水一般鲜亮的桃红跳跃着欢悦。吉尔痴痴地望着美得动人心魄的白露，他再次想起了父亲常说的那句话：帮助有难的人，就是为自己播种福报。吉尔觉得自己在这个沙漠之夜是世上最幸福的人，他感恩上帝，上帝让他的爱情来得如此迅猛如此炽烈！吉尔不觉仰起面孔眺望无星无月的苍穹，上帝手里握着苦难也握着幸福，这个夜晚上帝给了他爱的幸福，从前有人则承受过太多的苦难。想到这一层，吉尔便不免有些难过。

白露注意到吉尔内心令人不易察觉的变化，轻声问道："是上帝拨动了你的心弦？拨动了那根最敏感的心弦？"

吉尔思忖片刻，语气就有些沉重："我父亲给我讲过一位中国商人的故事，那位中国商人为一句诺言受了太多的苦难。"

白露心里不由一惊，紧接着便是深深的触痛，她下意识地说："我父亲也给我讲过一位葡国船长的故事。"

刹那间，白露和吉尔不约而同地凝聚起目光，万般惊讶地打量着对方。

吉尔急切地说："我父亲临终唯一的愿望就是要找到故事里的中国商人。"

异常强烈的预感紧紧揪住白露，白露感慨又不无自豪地说："我父亲告诉我，对那位商人而言那不是故事而是一个人的一生。用一生追随一个信念，他从来没有后悔。"

吉尔不由惊讶地失声大叫道："我父亲是埃萨，埃萨·德米兰达。"

白露的心里瞬间充盈起无限惊喜，埃萨·德米兰达这个名字对于父亲远道意味着太多太多！那是曾经有过的豪迈，那是曾经充满激情的岁月！同时也有苦难和失落，还有漫漫长日。许久，白露才淡淡地对急切不安又激情涌动的吉尔说："我父亲叫远道。"

吉尔一跃而起，手舞足蹈又不知所措，他大声叫道："天哪，我真不敢相信，上帝对我德米兰达家族如此仁爱！你父亲正是我父亲一直苦苦寻找的那位中国商人！那位一诺千金的中国商人！"

吉尔迫不及待地飞奔去吉普车上拿来一只十分精致的锦缎方盒。他打开锦缎方盒，里面是丝绒包裹着的一件器物。

白露伸出手，轻轻摁住那方丝绒，没有让吉尔马上掀开。她知道被包裹着的是件什么样的器物，那正是她要去里斯本寻找的父亲留下的器物！白露先在心里默默地告慰父亲远道的在天之灵，道：“这是一枚印章，印章上刻着四个字：一诺千金。”

吉尔慢慢掀开那方丝绒。

一方印章呈现在白露眼前。

印章下压着一张巨额支票。

那是一张久远以前的支票。

吉尔说：“我父亲是在很久以后才知道事情的真相。你父亲信守了诺言，你父亲把出售货物的全部钱款都给了我父亲，甚至包括你父亲的货船。为了一句诺言，你父亲踏上归途时已身无分文。”

白露低头不语，此刻她已是泪流满面。

吉尔自言自语般说道：“知道事情的原委后，我父亲每天都在想着你父亲是怎么回到故乡的，你父亲欠下的货款又是如何偿还的。我父亲临终唯一的遗嘱就是一定要找到一诺千金的中国商人远道，把这方印章和支票交给他。”

吉尔说：“德米兰达家族知道，无论怎样感恩都无法回报你父亲一诺千金的品格！”

夜幕褪去，晨光照亮了大沙漠。吉尔开着吉普车，去往中国采油井工作区域，白露坐在副驾驶座上沉浸在从未体验过的幸福中。这时她突然想起了什么，快乐地问吉尔：“你跟海盗之间约定了什么？”

第三幕

又过了许多年

当母狼转回头去，夏至万分惊愕地看见母狼紧咬着公狼的嘴部拖着公狼的尸体，一同走进燃烧着的篝火。火苗艳红艳红的，给人鲜血长流的触痛。活着的母狼和死去的公狼逐渐融化在熊熊燃烧的篝火烈焰中，夏至再没有听见一丝一缕母狼悲鸣哀叫的声音，只有篝火发出几声爆裂般的炸响。

相约大海

2018年的冬季不知不觉来了。

在夏至意识里，她居住的这座城市没有冬季，这座城市四季都很温暖。

这是冬季里一个普通的下午，夏至站在窗前眺望不远处的大海。海面上洒满了温情又缠绵的冬日暖阳，有帆板迎着暖阳滑翔跳跃，再远处是几座仿佛永远藏着某些秘密的海岛。

吉尔坐在夏至身后的软椅上，他沉浸在自己刚才的讲述中，似乎又回到了许久以前的岁月。那时候是父亲埃萨给他讲中国商人远道的故事。父亲埃萨同样喜欢坐在一把软椅上，与吉尔不同的是，父亲埃萨讲述往事时总是抽着雪茄，往事会伴着雪茄淡青色的烟雾缭绕飘浮。多年前，远道的女儿白露成为他的妻子，现在他和白露的独生女儿夏至长得比她妈妈白露还要高了。吉尔端详着夏至的目光中流淌出一缕满足的笑意，他又想起了许多年前那个沙漠的早晨，那个早晨白露问他与海盗约定了什么。

在这个普通的冬日下午，女儿夏至又一次也这样问他，于是他把那年与海盗“刀疤”的约定当作故事告诉了夏至。

夏至从懂事开始就对外公远道、对爷爷埃萨的陈年往事充满好奇，后来又对他和白露的相遇相识兴趣十足，其中最让夏至穷追不舍的就是他与海盗“刀疤”的约定。

吉尔与海盗“刀疤”的约定其实非常简单，甚至根本不能称之为秘密。那年为了解救被海盗劫持的邮轮，为了不伤及旅客和船员，吉尔支付了全部赎金。吉尔与“刀疤”谈判时没砍价，通常遭遇这种情况双方总要进行艰苦的讨价还价。吉尔之所以没有还价，爽快地答应按“刀疤”提出的数额付款，是吉尔提出了一个完全出乎“刀疤”预料的要求。吉尔要求“刀疤”用这笔赎款的一半建一所学校，让海盗的孩子进学校读书。这个要求看上去很书生气，甚至不可思议，海盗“刀疤”却一口答应了。

夏至把目光从窗外的海面收回来，追问吉尔：“后来呢？后来海盗建学校了吗？”

吉尔摇摇头，他不知道。吉尔再没有遇见过“刀疤”，也再没有遭遇海盗劫船。

夏至有点疑惑，再问：“爸爸，你为什么相信海盗？”

吉尔说：“当年你爷爷不仅像个海盗，而且还是个输光了一切的赌徒，可是你外公相信了他。”

夏至立刻着急了，抢过话说："爷爷跟海盗不一样！爷爷传承了贵族遵守契约的品质，爷爷是远洋船长！"

吉尔站起身走到夏至身旁，指着窗外的伶仃洋对夏至说："大海上的故事永远不会有统一的结局，对海上行船的人永远不要低估。比如你爷爷，船沉货失，是海盗救了他的命。之后借钱上赌场拼命一搏，结果输光了家产。但是若干年后他用你外公分给他的那笔钱，重新建立起自己的航运王国，续写了豪门由死复生的传奇故事。"

吉尔接着对夏至说道："'刀疤'从肤色到长相都表明他的家族曾经也是名门，他沦落成海盗可能是从他父亲那辈开始的。这样出身的海盗尤其需要重建家业，他应该懂得，让下一辈人读书是个不错的选项。"

夏至突然说："爸爸，我想沿着这条海路走一遍，去感受当年外公和爷爷经历的风浪，去寻找当年你和妈妈相识相爱的那种感觉，我还特别想去见证那个海盗'刀疤'是不是如约建了一所给孩子读书的学校！"

吉尔笑了，不是那种似是而非的笑，是快乐幸福的笑。他觉得女儿的这个念头尽管挺幼稚，尽管很可能是一时冲动，但很可爱。他向夏至道："'刀疤'那一代海盗老了，连你都大学毕业了嘛。何况你怎么知道他们把学校建在哪里？你又到哪里去寻找海盗？"

夏至说："我去海上碰碰运气，看能不能碰见海盗！说不定正巧就是'刀疤'的后代呢？不对，如果当代海盗是'刀疤'的后代，那这些海盗一定没有上学读书，而是子承父业。"

夏至补充道："'刀疤'失信，你会失望。'刀疤'如果建了学校，而且把学校办成名校，你会有成就感吗？"

夏至大学毕业不久，在一家地球环境和地理人文杂志社任职摄影记者。夏至有着母亲白露的聪慧和美丽，眉宇间透出父亲吉尔的俊秀和执着，"任性"以及"自我"则是她这一代青年的标配。吉尔不无欣赏地看着自己的独生女，他并不认为"任性"和"自我"是缺点，反倒经常鼓励女儿要坚守自己鲜明的个性。这个下午，吉尔完全没有意识到女儿这个突然而至的念头会成为一次超乎寻常的远行。

一次远行往往可以改变一个人的一生。他的父亲埃萨和岳父远道，他自己和白露莫不是如此。

相约大海

雨，大约是从后半夜开始下的，黎明时分雨丝晶亮透明，细密细密的。尽管雨丝揉着诗情飘着画意，然而冬季的寒气还是携着雨丝阵阵袭来。夏至临出门时有过片刻犹豫，在冬季雨天的清晨去海上练习帆板确实需要咬牙坚持。

帆板训练场离海岸不远，这个早晨整个训练场只有夏至一个人。夏至紧抓帆板迎风击流，时而跃上浪峰，时而滑向波谷，漫卷而起的海浪激情地撞碎在夏至身上，飞起纷纷扬扬的漫天浪花。几排巨大的浪峰相约而至，接连扑向夏至。顷刻间掀翻夏至的帆板，把夏至抛进汹涌的波浪。

另一条帆板飞驰而至。是吉尔。

吉尔朝女儿大声喊道："爬起来！驾着你的帆板继续训练！"

夏至听见了父亲的声音，她艰难地挣扎着从波浪中爬起来，重新站上帆板抓紧帆杆。

结束了早晨的训练，吉尔和夏至来到一家老牌传统肠粉店，各要了一份牛肉肠和一碗艇仔粥。

吉尔试探着问："你这么艰苦地参与帆板训练是为了克利伯环球选拔？还是……一次海上旅行？"

夏至神秘地回答道："都是，又都不是。"

吉尔意识到事情开始变得严重起来，便提醒道："不管你往哪个方向考虑，这件事最好先跟你妈妈商量一下。"

夏至俏皮地扫了吉尔一眼："妈妈和你定终身跟我外公商量了吗？你把那么一大笔钱给海盗跟我爷爷商量了吗？你们这些事情要比我的想法大得太多吧？"

吉尔一时语塞，之后也没再言语。

当天下午白露让夏至陪她去情侣路散步。那时候雨还在下着，路面上不停地泛起一朵又一朵小水花，小小的水花几乎开满了整个路面。夏至马上估计出妈妈要跟她谈什么，这件事早晚总要谈的，她根本没想过要瞒着妈妈。不过现在她想逗逗妈妈，她觉得爸爸和妈妈都挺有趣的。他们自己从艰苦年代走过来，吃过不少苦，却不愿意让她吃哪怕一丁点苦。夏至从来没有吃过苦，她想不通，吃点苦有什么不好呢？

夏至故意一本正经地对白露说："妈妈，你们那个年代流行过一首歌《冬季到台北来看雨》，今天这样的天气，你应该和爸爸去台北散步，至少也是你们俩去情侣路散步，无论如何都轮不上我啊。"

白露同样认真地说："中午我和你爸去情侣路散过步了。"

夏至有意看了吉尔一眼。

吉尔马上表现出一种父亲的尴尬。

白露不容分说地把雨伞塞到夏至手里。夏至随着白露来到情侣路。情侣路在冬季的这个下午十分清静，除了有三五辆小汽车悄然驶过，长长的林荫道上只有白露和夏至母女。

夏至受不了这般沉闷，说："妈妈，你想问什么就直截了当问。我知无不言，言无不尽。"

白露于是问："你能把你的想法或者是计划完整地说说吗？"

夏至说："当然可以。不过现在还算不上是计划，顶多是个想法，不过这个想法很强烈。我想沿着外公和爷爷当年走过的海路走一遍，去你和爸爸相识相爱的沙漠拍几组照片。"

白露不那么相信地问："这么简单？"

夏至回道："原本就不复杂呀。"

白露缓了语气，又问："乘邮轮去？"

夏至说："乘邮轮是最后的选项。"

白露平静地说："参加无动力帆船环球航行，选拔测试的条件非常苛刻。这种运动挑战体力和耐力极限，对女性并不合适。"

夏至解释道："我想试试，不试怎么知道自己行还是不行？"

白露迟疑了片刻才说："对任何事情，要做就要下定决心去做，直到成功。不能只是试试，更不能半途而废。"

夏至十分意外，她大为惊讶地打量着白露，道："妈妈，你是认真的吗？"

白露坦然地笑着说："你像你外公，与其阻拦不了，不如让你自己作主。"

夏至收起手里的雨伞，钻到白露的伞下，悄声说："妈妈你真好！我像外公，也像你。前两天我去了外公的墓地，在外公墓前我许下了自己的诺言。"

白露换了一只手拿着伞，腾出一只手轻轻揽住女儿的肩膀，说道："你外公是用他的整个人生坚守了年轻时的一句诺言，你外公为此付出的代价是把全部幸福给了别人，自己扛起了所有苦难。你要走外公的路，就要做好扛起所有苦难的准备。"

夏至没再言语，她在心里暗自立下誓言：一定要像外公那样信守诺言！

夏至出发那天没有告诉白露和吉尔，夏至不想让爸爸妈妈看见她的眼泪。夏至的眼泪不知是遗传还是天生，吉尔和白露的泪点都不低，也有专家说遗传往往发生在隔代，夏至不知道外公和爷爷的泪点高低，总之她的泪点很低。

夏至训练十分刻苦努力，不过她最终没能通过克利伯环球无动力帆船航行测试选拔，主办方邀请夏至作为摄影记者，参与“珠海号”无动力帆船环球航行中的一段航程。这样安排其实更符合夏至的计划，夏至很清楚在她的计划中存在着太多不确定性。

无动力帆船准时起航。船员们用力拉动缆绳，几张色彩浓烈的风帆庄严隆重地在晨曦中升起来，悠长的古典号角声响彻九洲港码头。无动力帆船缓缓离开码头驶出港湾。

夏至望着熟悉的城市渐渐退去。那儿是她生活了许多年的城市，她的家在那里。一种从未有过的离别愁绪竟在瞬间涌上心头，这一刻夏至突然想让爸爸妈妈抱抱她，像童年那样很紧很紧地抱着她，泪水在那一刻止不住，模糊了她的视线。夏至强令自己止住眼泪，于是她把视线转向大海。大海是无穷无尽的远方。夏至并不知道在远方等待着她的是什么，或许是海盗，也许是海难，还是沙漠中一堆温暖明亮的篝火？

二十多个日夜后，夏至在白露吉尔相遇相爱的那个港口离开无动力帆船登上码头。夏至环顾眼前，迫切又兴奋地寻找爸爸妈妈描述中的景象，浓郁的阿拉伯风情依旧，建筑上空绿色饱满的穹顶依旧，穹顶上银白色的新月依旧。夏至注视着移动的白色和黑色长袍，她被藏在长袍后面那一双双眼睛的美丽和神秘吸引，夏至忍不住想，从前也是这样吗？她开始觉得爸爸与海盗的那个约定在这里发生并不意外，这里神秘的气氛提供了创造神奇故事的环境。

夏至先在码头以及吉尔当年提款的那家银行拍了两组照片，稍事休息并做了些必要准备，租一辆吉普车便直奔沙漠。在海上航行二十多天没有遇上海盗，当然也不可能遇见“刀疤”以及他的后代，这使夏至略感失望。现在她把希望寄托在沙漠，寄托在吉尔白露相会的孤独车站。其实夏至自己也不清楚究竟希望遇见什么，只是觉得如果没有意外发生，一切都按部就班、风轻云淡，实在乏味。夏至盼望着神秘莫测的大沙漠发生一点预想之外的事情。

夏至到达白露那年下车的长途车站，那时夕阳把天边的沙漠染成了金色，这时候的沙漠很美。每一颗沙粒都幻化出纯净的金黄色泽，无数金色沙粒在天地的边际描绘出一条流畅温润的曲线，漫长的曲线有着鬼斧神工的奇妙。夏至打量着沙漠中的孤独车站，车站与母亲描述中的样子没有多少差别，依旧是一根独杆支撑着一块木牌，木牌上的字迹应该重新上过油漆。夏至放眼环视，茫茫沙漠现在只有她和她的吉普车。

夕阳毫不留恋沙漠，很快便无影无踪。夜来得极快，在不经意间已经吞食了整个沙漠，与几十年前白露吉尔经历的那个黑夜不同，今夜的沙漠皓月当空。后来，夏至便看见了远处那堆尚在燃烧的篝火，夏至开着车朝篝火驶去。车开到篝火近处，夏至从车上下来。篝火四周不见人的踪影，只有几样丢弃物，正是在这一刻，夏至看见了那条阿拉伯狼！

那条阿拉伯狼被整体剥去了皮，只剩下裸露的躯体，躯体早已没有生命的气息。夏至走近一点，辨认出是条公狼，从体型看，死去的公狼很可能是某个族群的头狼。夏至分析是盗猎者所为，目的很可能是为获得一张阿拉伯狼的狼皮。为了一张狼皮就如此残忍地猎杀一条生命？！夏至有些难过，觉得自己应该为这条死去的阿拉伯狼做点什么，以表达对生命的尊重和向生命的忏悔。任由这般惨状呈现在明天的阳光下，绝对是对生命的污辱！

把它埋葬在沙漠？或者放进火堆帮它升天？夏至不懂动物的风俗，不了解动物习性，夏至相信动物有动物的风俗和习性。无论什么动物，无论哪种习性，动物自己是非常清晰且永恒不变的。

夏至犹豫着。

突然，一条阿拉伯狼从远处向着篝火走来，那条阿拉伯狼走得不无谨慎同时又十分从容。那是一条母狼，母狼眼睛里透着警惕，更有掩饰不住的仇恨，同时似乎又流露出某种乞求。

夏至呆呆地站在原地没动。夏至竟有点痴痴地看着越走越近的母狼，她似乎忘记了狼会伤人，尤其是在这种情形中母狼有可能攻击她，这种时候她应该迅速跑回到吉普车上去。

母狼一步步走近。母狼走过夏至身旁。母狼径直走到火堆旁边。母狼的双眼死死盯在死去的被剥光皮的公狼躯体上，良久，母狼发出三声悲哀的仰天长嚎。母狼吼叫的声音凄厉而悲怆，是生命由心而生的哀鸣哭喊！就在母狼引颈仰天长鸣的那一刻，夏至的泪水夺眶而出，犹如海浪在顷刻间淹没了她的整个身心。夏至没有擦去泪水，任凭泪水滚滚而下，她努力克制着，不让自己哭出声来。

母狼始终没有注视夏至，仿佛知道夏至不是猎杀公狼的凶手，或者此刻它已经无须在意生死威胁。母狼围着死去的公狼转了三圈，每转一圈便发出凄厉至极的哀鸣。接着母狼轻轻吻住公狼的嘴，渐渐地越吻越深，越吻越让夏至感到彻骨之痛，最后母狼几乎是咬紧了公狼整个嘴部。就是在那一刻，令夏至无比震撼乃至终生难忘的一幕出现了：母狼咬着公狼的嘴，慢慢转过头来，用一种夏至从来没有见过也根本无法想象的眼神望着她。

母狼的那一望，也许只在刹那之间，也许是很久很久。那个时刻夏至被彻底震撼了，震撼生命与生命之间，人的生命与狼的生命之间竟能产生那样一种不可思议的情感。是的，是真真切切彼此能懂的情感！那是灵魂的信任！那是生命的拜托！

当母狼转回头去，夏至万分惊愕地看见母狼紧咬着公狼的嘴部拖着公狼的尸体，一同走进燃烧着的篝火。火苗艳红艳红的，给人鲜血长流的触痛。活着的母狼和死去的公狼逐渐融化在熊熊燃烧的篝火烈焰中，夏至再没有听见一丝一缕母狼悲鸣哀叫的声音，只有篝火发出几声爆裂般的炸响。

黎明第一缕曙光升起来的时候，篝火熄灭了。

在最初的黎明中，夏至忽然对母狼乞求拜托的眼神有所领悟，她记起一本书里曾经有过这样的描述：成年阿拉伯母狼只要与同一族群的头狼生过狼崽，便会与头狼生死与共，母狼会为爱而死，如果狼崽尚幼，它会托付给族群中的其他成年母狼养育。

太阳从沙漠深处升起来了，沙漠一如往常地沉默无语。夏至领悟到昨夜母狼望着她的眼神是托付狼崽！夏至开始四处寻找。她相信自己读懂了昨夜母狼的眼神，那只母狼一定留下了狼崽，母狼在最后时刻望着她是把狼崽托付给她。夏至丝毫没有觉得自己的想法荒唐，只要善心尚存，生命便具有灵性。有灵性的生命是相通的。

不久，夏至便找到了狼窝。狼窝藏在沙漠中一个洞穴。洞穴里果然有三只刚刚出生的小狼崽。两只小狼崽已经死了，剩下一只小狼崽奄奄一息。夏至小心地抱起那只眼睛还没睁开的小狼崽，把另外两只死去的小狼崽稍稍作了掩埋。夏至抱着小狼崽来到那堆篝火残渣前，她在心里默念道：狼爸狼妈，我承诺，一定让你们的小狼崽活下去！

夏至没有继续原定的航程，她带着小狼崽回到前一天刚刚离开的港口城市。夏至找了个相对偏僻的街区临时租了间房，开始养育小狼崽。

当夏至买来奶粉奶瓶，第一次让小狼崽吸到奶汁的那一刻，内心充盈起一种女人天性中的幸福。看着小狼崽用力猛吸奶汁，夏至的眼睛潮湿了，她想起了那只咬着公狼嘴部拖着公狼的尸体从容走向火堆的母狼。公狼一定是在去为狼崽和母狼寻找食物时被猎杀的，而母狼最后向她投来的眼神让她终生难忘。

夏至把小狼抱在怀里，小心翼翼地轻轻抚摸着小狼的身体。小狼的身体柔软极了，仿佛稍稍用力便会弄伤它。这是只小公狼，夏至不觉想到，等小狼长大了也要去猎食，是不是也会遇到等着它的盗猎者的枪口？想到这一层夏至的心又隐隐痛起来。

几天过去，当小狼第一次睁开眼睛，夏至高兴极了。夏至目不转睛地看着小狼的眼睛，小狼的目光非常安静，没有惊慌害怕，也没有疑惑不定，小狼最初看到的世界是夏至。夏至带给小狼的是善意和安全。

第三幕·又过了许多年

阿拉伯狼在天性中根植了怀疑、机敏，还有凶狠。阿拉伯狼世代生活在大沙漠，沙漠残酷的生存环境造就了阿拉伯狼的这种天性，否则它们无法生存下来。

夏至喃喃地对小狼说：“小狼小狼，今天是个值得纪念的日子，从今天起你正式走进这个世界了。你出生几天的时候你爸爸妈妈去了上帝那里，让我来做你的妈妈好吗？现在妈妈首先要给你起个名字，来到这个世界一定要有个名字。”

夏至思忖着要不要查字典或者问问网络上专门给人起姓名的专家，但又马上否定了这个想法。那些专家只会给人设计姓名，给狼起名字不是那些网络起名专家的专业。他们能赚人的钱，却赚不到狼的钱。没有任何理由，夏至想到了吉卜赛人。吉卜赛人善良仁义，自由行走，世代流浪。阿拉伯狼大致也如此，小狼名字就叫吉赛吧！去掉一个“卜”字，留下“吉祥”和“竞赛”，吉祥是保佑，竞赛是能力。想到这里，夏至望着小狼柔声唤道：“吉赛！我们的吉赛！”

小狼听到夏至的声音再次睁开眼睛，朝着夏至眨了眨，然后发出细嫩的叫声。

夏至惊喜不已，兴奋地说道：“你能听懂？！你知道你的名字叫吉赛？！”

小狼吉赛长得飞快，才十多天已经能够满地行走了。不仅如此，小狼吉赛的狼性在某天下午发挥得淋漓尽致。

那天下午夏至去超市购物。夏至听不懂阿拉伯语，那个店员听不懂英语，于是夏至和那个店员便用手势比画着交流。跟在夏至身边的小狼吉赛看到店员对夏至做手势突然扑向店员，店员被吓得一惊。好在小狼吉赛还很小，店员回过神来只是友好地朝小狼吉赛打个招呼并没介意。

旁边就有人用英语问夏至：“女士，你这条狗是什么品种？它非常特别。”夏至连忙表示歉意，随即带着小狼吉赛匆匆离去了。

回到临时租借的住处，夏至考虑是不是该把小狼吉赛送走。原本夏至是准备等小狼吉赛长到半岁或者一岁把它送回大沙漠，现在看来不可行，狼会伤人。夏至先是想到自然保护区，但小狼吉赛还太小，现在送去自然保护区显然不现实，这样便只能送小狼吉赛去城市动物园临时寄养。

第二天夏至抱着小狼吉赛来到当地一家私人动物园。当动物园的高墙铁笼出现在夏至面前，看着铁笼里的动物无精打采地躺在潮湿狭小的空间，夏至马上打消了送小狼吉赛进动物园的念头。她把小狼吉赛紧紧抱在怀里逃跑般回到住处，好像怕谁要把小狼吉赛从她怀里抢走。

那天夜里夏至失眠了，睁着眼睛直到天亮。

几天后夏至退掉租借的房子，抱着小狼吉赛登上了回家的邮轮。

在邮轮上，旅客和船员都以为夏至带的是条品种特别的小狗，喜欢动物的旅客偶尔会打个招呼说："你的这条小狗崽长得真精神！这条狗崽的品种看起来非常高贵。"夏至就笑笑，感谢对方赞美。

夏至带着小狼吉赛回到家，吉尔和白露一眼就看出这是一只阿拉伯狼！他们熟悉阿拉伯狼，尤其是阿拉伯狼绿光闪烁的眼睛总会让他俩记起那个难忘的沙漠之夜。关于那个沙漠之夜的记忆有温暖有美好，也有后怕和不安。

小狼吉赛来夏至家最初那段日子，吉尔和白露没有提出任何反对意见，他们理解自己的女儿，况且小狼吉赛非常懂事。大小便都会自己去卫生间为它准备的沙堆，它从来不胡乱狂叫，绝不撕咬家里任何东西。夏至带小狼吉赛去海边散步，只有当海滩上空无一人的时候，小狼吉赛才会用乞求的眼神望着夏至。夏至便松开狗绳，放小狼吉赛在海边沙滩上自由地奔跑。

时间在小狼吉赛的成长中不知不觉流淌，小狼吉赛对夏至有种无可替代的依恋。吉尔和白露能够感觉到，小狼吉赛认定夏至是它唯一的亲人。小狼吉赛长到半岁已经有了成年阿拉伯狼的模样，特别是小狼吉赛的眼神和思维，既保持着鲜明的狼性，同时又通达人性。小狼吉赛有着超强的爆发力和惊人的奔跑速度，这一点常常让夏至在高兴的同时，隐隐生出不可名状的紧张不安，这种极其矛盾的心情在一个周末终于有了结果。

那个周末一直在下雨。雨下得不大，却始终不停，是那种混沌不清的雨天，人们在这样的天气会产生纠缠不休的感觉。这种雨天不会有人去海边散步，夏至抓住机会带着小狼吉赛往海边去。长到半岁多的小狼吉赛外出散步的机会越来越少，尽管它很听话，尽管它从来没伤过人，夏至还是不敢经常带它出去。雨天的海边沙滩果然没有人，夏至松开狗绳放纵小狼吉赛自由奔跑。小狼吉赛在沙滩上跑起来，它毫无目的地跑着，自由而疯狂，像箭一般在雨中来回穿梭。在夏至视野里，小狼吉赛不再是奔跑，它渐渐飞起来，无拘无束地自由飞翔。它沐浴着天雨，俯瞰着大海沙滩，夏至的心不知怎么渐渐潮湿了。

突然小狼吉赛停住奔跑，定定地看着不远处。不远处站着一只牧羊犬，是只母犬。母犬也一动不动地盯着小狼吉赛。接着那个中年女人便出现了，中年女人显然是牧羊犬的主人。她扫一眼小狼吉赛，不屑地抛下一句："哪里跑来的野狗？真丑！"说完拉着牧羊犬要走，结果没拉动。小狼吉赛犹豫片刻，蓦地朝牧羊犬冲过去。中年女人吓得大叫。夏至连忙喝住小狼吉赛。小狼吉赛看着母犬，又回头看一眼夏至，然后再回过头看着牧羊犬，它恋恋不舍迟疑不定。夏至急出一身冷汗，再高声叫小狼吉赛回来，同时张开双臂，做出迎接和拥抱的姿势。这是小狼吉赛从小习惯的动作。小狼吉赛最后望一眼牧羊犬，慢慢跑回到夏至身边。这时中年女人回过神来，冲着夏至大声吼道："你这条狗难看死了！我们家这条可是纯种德国牧羊犬！"

夏至没有理会中年女人，带着小狼吉赛回家。理智提醒她，小狼吉赛不能在城市继续待下去，它必须回到它的世界。

不久之后，夏至对吉尔和白露说：“我准备把小狼吉赛送回它的故乡。它属于沙漠，它不属于城市。”

夏至带着小狼吉赛离开家那天，吉尔问夏至：“你确定不需要我和你一起送小狼吉赛回去？”

夏至不容置疑地回道：“我一个人能把它带回来，就能一个人把它送回去。”

这一次的海上航行极其不顺利。夏至和小狼吉赛乘坐的邮轮在印度洋遇到台风，在长达十多个小时里，邮轮颠簸得十分厉害。小狼吉赛按规定被关在底舱的笼子里不能出来，夏至不放心，自己下到底舱陪在小狼吉赛的笼子旁边。小狼吉赛有夏至陪在旁边便相当安静，夏至则吐得翻江倒海。后来小狼吉赛也开始呕吐，它吐得比夏至更严重。夏至看得出小狼吉赛十分难受，不过它没有发出狂叫，只是闭着眼睛不停地呕吐。夏至始终没有离开小狼吉赛半步，她一边呕吐一边不住地把手伸到笼子里抚摸着小狼吉赛。

经过二十多天的海上航行，然后开了十多个小时的车，当夏至带着小狼吉赛到达沙漠时，夏至不由得放声高喊，而小狼吉赛也引颈长鸣。

夏至松开绳索。

小狼吉赛纵情狂奔。

这里是小狼吉赛出生的地方，这里是小狼吉赛的故乡，将来这里还会有小狼吉赛的家。夏至对着小狼吉赛大声地喊道："去吧！到沙漠深处去！到天边去！"

小狼吉赛听见夏至的喊声反而箭一般飞跑回来，猛地扑进夏至怀里，把头埋在夏至的胸口久久不肯抬起来。夏至像刚把小狼吉赛抱回来时那样，轻轻抚摸着小狼吉赛的身体，它已经长得很大了，它的皮毛是如此坚硬又是如此滑顺。一缕沙漠阳光洒在它身上，青灰色皮毛竟有了沙漠般的金色光泽。小狼吉赛的骨骼非常匀称，它的肌肉异常强健，展现出一种特别优美的弧线。现在小狼吉赛依偎在夏至怀里，流露出唯有小狼吉赛才有的纯净情感。

夏至艰难地对自己说：小狼吉赛已经长大了，我对母狼的承诺已经做到，我和小狼吉赛到了该告别的时候。

夏至放开小狼吉赛，用尽力气把它推出自己的怀抱，并且在它的脊背上轻轻拍一下。

相约大海

小狼吉赛跑几步，又停下来，它回过头凝望着夏至，眼睛里竟有一种特别深沉的情感流出来。夏至忍不住想，它的目光在这一刻真是纯净啊！纯净得如同沙漠里的阳光，晶莹透亮的绿色犹如两颗沙漠中的宝石。小狼吉赛就那么一动不动地站着，凝望着夏至。

夏至的心被小狼吉赛望到碎了，泪水夺眶而出，如同江河大海般滔滔不绝。

小狼吉赛居然跑回来，端端正正坐在夏至面前，轻轻舔着夏至的手。

夏至双手拉着小狼吉赛站起来，让小狼吉赛掉回头，对着茫茫大沙漠说道："去吧，我的孩子！去吧，我的孩子！永远别再回头！"

小狼吉赛回首最后看了夏至一眼，风一般向着沙漠深处奔跑而去。

夏至知道，这一去，小狼吉赛再也不会回来了。这时候夏至终于哭出了声，她放声痛哭，哭声在辽阔无垠的大沙漠久久回荡。

若干年后，夏至和吉尔白露沿着千年海路再次来到那片沙漠。

第三幕·又过了许多年

沙漠没有留下他们三个人的任何踪迹，风吹净了所有足印，原先那条车道完全改变了模样，曾经属于他们的岁月早已远去，沙漠的太阳和月亮不会记着他们的故事，一根木杆加木牌的孤独车站消失得无影无踪。夏至知道，只有他们自己收藏着他们的故事，还有曾经的诺言。

夏至和爸爸妈妈在曾经燃起篝火的地方再次燃起篝火，篝火一经点燃便很旺，火光照亮了沙漠的夜空。火星在夜空中飞舞，星星点点，灿若礼花，一点一点飘落在三个人心中，飘落在渐渐远去的记忆深处。

忽然，夏至看见不远处站着一群阿拉伯狼，狼群最前面是一只十分雄壮的头狼。夏至站起身，紧紧盯着站在最前面的头狼，她简直不敢相信，那是小狼吉赛！她确信那就是小狼吉赛！

夏至惊呆了，她欣喜若狂，这一刻她觉得天地是这样充满温情，世界是如此绚丽美好！她不由自主地轻声唤道："小狼吉赛，来。小狼吉赛，过来。"接着她放高声音唤道："来吧，小狼吉赛，我的孩子！"

那只头狼一动不动，仿佛在这一刻已成雕塑。它的身后是阿拉伯狼族群，其中有几只幼狼显然是它的后代。夏至凝视着眼前狼的族群，这一次夏至没有流泪，她有的是欣喜是欣慰！她知道小狼吉赛再不会像从前那样跑过来舔她的双手，再不会扑进她怀里让她轻轻抚摸。她看见小狼吉赛坚定明亮的眼睛里泛起了泪光，那泪光是晶莹的绿色，是沙漠宝石！

终于，小狼吉赛带着属于它的族群向沙漠深处奔去，渐渐消失在夜色中。

这是最后的告别！

夏至和爸爸妈妈离开沙漠，在那座阿拉伯风情依旧浓郁的港口城市登上邮轮。邮轮行驶在永远望不尽的大海上。他们继续着他们的航程，他们继续着他们的岁月。

有歌声飘来，那歌声唱道：曾经一诺，一诺千金。

一诺千金

（主题歌）

你把你的诺言
写在大海之上
你挥洒风雨雷电
书写诺言沉默的豪放
你舞动沙漠风暴
留下生命不屈的守望
你远去的背影
牵引着我追寻的目光
你永恒的诺言
点亮我燃烧的梦想

你把你的诺言
写在生命之上
你笑对世间苦痛
只道是一曲渔歌晚唱
你抚平岁月艰辛
只言那一缕温婉花香
你远去的背影
牵引着我追寻的目光
你永恒的诺言
点亮我燃烧的梦想

剧　终

改写于2021年9月

插图

相约大海

相约大海

相约大海

相约大海

相约大海

相约大海

相约大海

相约大海